U0165782

凝煉知識品味閱讀

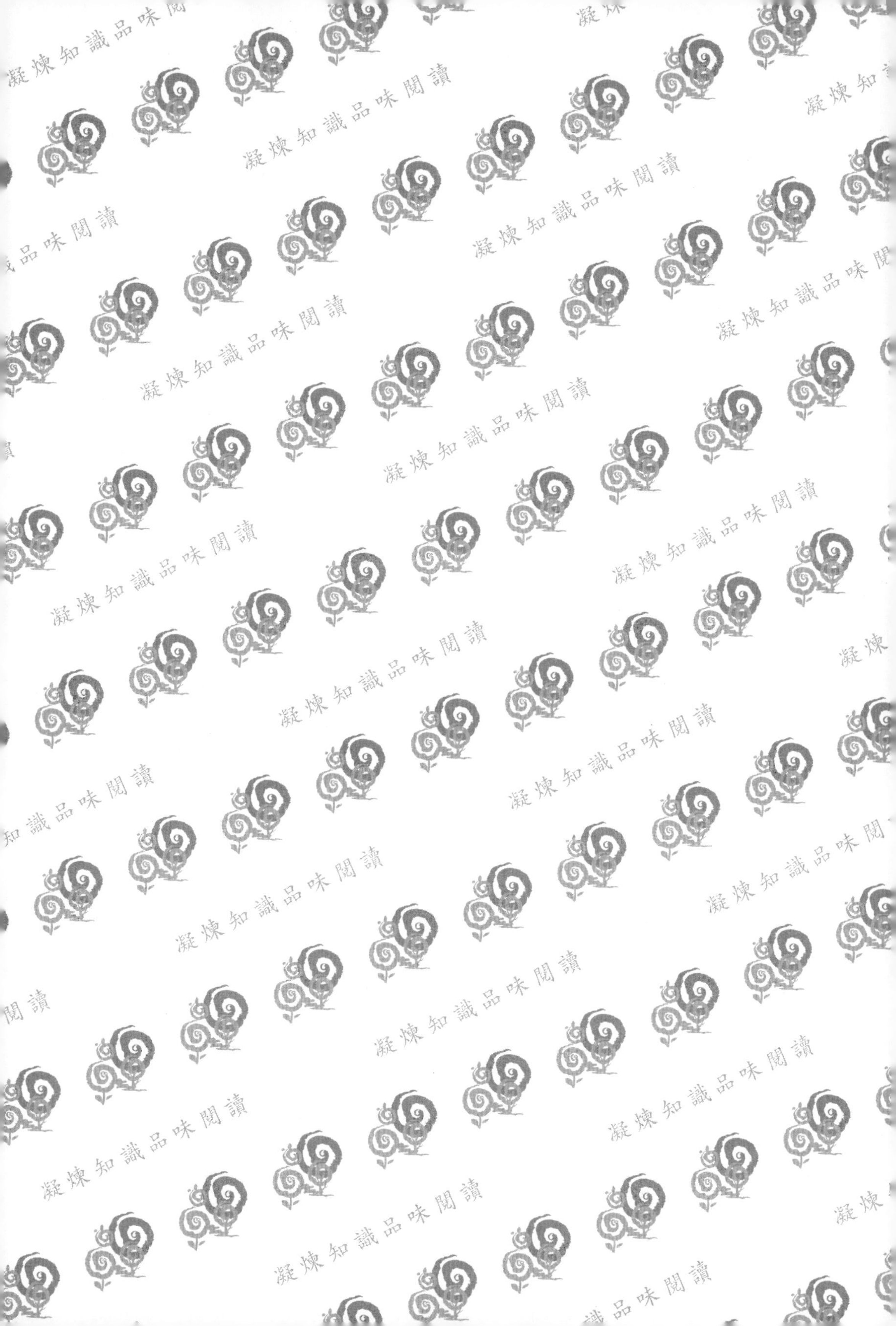
凝煉知識品味閱讀

大學國文選：

科技與人文

輔仁大學國文選編輯委員會
王欣慧／召集人
孫永忠／主編
王秀珊、劉雅芬／編撰

五南圖書出版公司 印行

編者的話：科技・民生・人文智慧

理工學院與民生學院

《易經》本是上古時期的占卜之書，因其取象以喻天地以陰陽相生，規律變化之消息，故亦往往被古代聖賢視為具有高度的人生智慧。相傳由伏羲畫卦、文王為之作卦辭、周公作爻辭，而孔子則為之作《十翼》，由此可見其經典性，而其中孔子所作〈文言〉一篇即專門解釋乾坤二卦之義，本書所選關於乾卦的解釋即出自於此。

乾卦的解釋自一一闡述「元、亨、利、貞」四要義開始，其所鉤勒的世界非常美好：天地生物無所偏私，所以無物不生。而在陰陽相和適宜之道下，萬物繁茂，彼此相生各得其利，並長此以往的正固持久，美好永存。再自此美好世界的說明擘畫中連結至行此四種德行的君子之修養，其意甚深。其所謂「人」，乃是與天地並列的三才之一，而所謂「才」可視為一種力量與智慧，亦即云人之所以為人，其靈明乃萬物之最，足與天地並列，乃因其可助天地萬物之化育流行。❶。此說對人類存在之意義與定位而言，至今仍是具有深刻的引導性與參照價值。《易經》中所蘊涵的古老智慧甚至也為其他領域所肯定，並積極融合延用。❷

❶《周易・說卦》：「昔者聖人之作易也，將以順性命之理，是以立天之道曰陰與陽，立地之道曰柔與剛，立人之道曰仁與義，兼三才而兩之，故易六畫而成卦。」

❷譬如「數位轉型」或「人工智能」等企業或科學領域所需的原理概念和哲思能力。前者可參見〈運用哲思能力先推動 AI 教育！〉，「CIO IT 經理人」雜誌，2019 年 6 月，頁 8–9。網址：http://www.cc.ntu.edu.tw/chinese/

成於明代一失意考生落魄文人宋應星之手的《天工開物》，則是以其親身所見聞之實地考察，記錄與當時民生經濟相關密切的諸多農業、工業、手工業等技術，具體展示何謂「格物致知」的實踐，以及開闢萬物之用以參贊天地的自我定位和人文精神。

時代演變至今，上述富於人文精神的理想並未飛灰煙滅，如果細心體察，即當見其隨時而變通融會，分化至各行各業之中。中研院院士劉炯朗以其資訊工程的理工專長享譽國際，但其不曾忽略人文素養的重要性。他不僅兼具豐厚的人文與科學素養，更懷抱熱忱地與青年學子分享他讀書做學問的原則，以及他透過外在經驗和內在省思所提出的深刻觀點和人生智慧。本書所選劉院士的兩堂課：「上大學該選什麼課？」、「你是有教育、又有教養的人嗎？」前者藉由介紹大學教育的專業與博雅之性質和相關必備課程，進而言簡意賅地帶出教育應當能廣大、能高之外，不宜有追求速成與功利的僥倖心態。後者則透過分辨「教育」與「教養」二語的定義，指點出做學問和做人之一體兩面的道理。二者皆值得現代學生與社會各界深思。專長在植物生態學與演化的胡哲明教授，也以他對生物演化的知識系統為基礎，結合他對日本寶可夢（Pokémon）的系列發展之觀察，對看似憑空想像而出的寶可夢進行具有生物演化之系譜歸類，以明其發想自地球上已知生物之部分。在其綜觀寶可夢世界的基本設定中，一面說明了生物的三大分界和三大演化要素，為生物學門之外的讀者指出一基礎知識體系的建構脈絡，呈現出科普寫作深入淺出的特點；另一面也彰顯其對生物知識、生活世界和教學所具有不同凡響的熱愛，故能融會貫通於課堂教材之中，其富於觀察體悟和連結的奇想令人喝彩。

---

epaper/0049/20190620_4914.html

後者見吳迪譯：〈揚．克里克：前往人工智慧的未來，要先回到中國的歷史〉，《亞洲時報線上》，2018年2月21日。網址：https://www.sohu.com/a/223335253_115479

葉李華教授是另一個熱愛其專業知識又能跨域連結出人文深度的典範。他從小立志當科學家，後來既擁有物理博士學位，也得過著名的科幻小說獎首獎，懷抱著熱情閱讀和創作科幻小說，乃至持續翻譯與推廣科幻小說和科普的寫作。為了更精準地翻譯艾西莫夫（Isaac Asimov，1920-1992）的系列作品，葉李華在長達四年的時間內，以理性的科學研究精神和訓練方法，鑽研中英在文法、語法和句型上的對比；❸而其自身在創作頗有向倪匡致敬和推廣科幻小說的《衛理回憶錄》時，也因內容涉及醫學與生命科學，亦花費心力瞭解相關領域。❹由此可見其在科學的專業知識和研究精神之外，還具有深度的人文素養。而所謂的「人文素養」，簡言之，係指經由對人類各種處境的了解，以培養對人性尊嚴的尊重與關懷的教育而成之修養，故其關乎人生各層面的問題與思考。葉李華即指出科幻小說與電影的真正意義，不在其所提供的休閒與通俗之趣味，而是其中所充滿的人文思想和關懷。因此，科幻小說相對於其他種類的小說而言，由於著眼於未來，故常針對科技的發展和人性的缺失提出預警，以從中獲得省思。❺本書乃選錄葉李華為科幻大師艾西莫夫機器人系列作品進行導讀的篇章，以之引導我們進入廣袤無垠的科學知識和人文思考交織的幻想世界中。❻曾志朗身為傑出的心理學者，曾擔任過教育部長，對於國內教育也持續關心。本書選錄其〈生命如百花多樣〉一文，文中以「威廉氏症候群」的兒童為例，

---

❸ 見陳芳萍採訪：「最理性的熱情——科幻教授葉李華」，2002.10.29，「博客來網路書店」。網頁：http://yehleehwa.net/yeh_intro_5.htm

❹ 見葉玉琴撰文：「科幻和科普 存在如呼吸般自然 葉李華能寫更能推」，《科技生活》，第 114 期。網頁：http://yehleehwa.net/yeh_intro.htm

❺ 見郭怡君專訪：「科幻教授——葉李華」，2004.5.3，自由時報。網頁：http://yehleehwa.net/yeh_intro_10.htm

❻ 可同時參考艾西莫夫其他短篇小說，如〈機器人之夢〉（Robot Dreams），以及 Philip K. Dick 的長篇小說《銀翼殺手》，原名：《機器人是否會夢見機器羊？》（Do Androids Dream of Electric Sheep?）。

說明教育和人生的共同本質——生命是如此多樣，而人類的智慧更是由對多元而獨立之各種特殊性的深入認知統合而來，由此揭露人們，特別是教育者，除了應當具備尊重包容差異或關心弱勢的愛心與耐心之外，更應加以瞭解其背後原因，方能針對問題加以解決。此外，曾志朗也於文末提醒，人生容或有所缺憾，但也一定有其值得肯定的美好等待我們發現。

在大學的知識殿堂之外，生活中亦處處是學問，也充滿著待人處世的道理與省思。焦桐在〈論牛肉麵〉中寫其於日常生活的飲食中對牛肉麵之情有獨鍾，並以他品味各地牛肉麵之心得為主題，開展出自家研發的食譜、推薦與否的店家評議、對牛肉麵的定義歸納，層層呼應題目「論」之議論性質與研究精神，既開啓飲食散文的新頁，也引領我們對生活與其細節可以有另一種明白清楚的審視與表達。然而，穿插在理性中且具畫龍點睛之效的，乃是他的青春回憶、對飲食的執著品味，以及認真生活的態度，使其對牛肉麵的喜愛之情與由此所觀察到的人世感懷，進而情理相融，幽默也內斂。與焦桐一樣有著跨領域連結之特色的韓良露，在作家的身分之外，還有著美食家、旅行家、生活家等稱號，更自認是非典型知識分子，也是公益文化的推廣者，可謂是個多才多藝又對生命充滿好奇與熱情的文化人。其生前傾力於研究古老的華夏文化中關於二十四節氣曆法的學問，直指節氣的核心意涵：是由中華文化中陰陽、五行、虛實等思想特質所開展對應天地運行的季節符碼，也是自日常生活深入瞭解關乎節氣運行原理的一套知識系統，並包含著民俗與節慶的關聯、符合時令的飲食滋味與養生之道、節氣旅行中的天地之美等多元文化面向。〈春分〉一文即具體呈現上述諸特色，誠如韓良露所自言：「這本書與其說是寫出來的，不如說是生活出來的」。❼願我們也能在科技高度發展、生活步調快速的當下中，關注日常生活中

❼見韓良露（1958–2015）：〈自序：豐美的二十四節氣曆法〉，《樂活在天地節奏中：過好日的二十四節氣生活美學》（臺北：有鹿文化事業股份有限公司，2014年）頁18。

的重要細節，「生活」出豐美的一面。

日常生活中充斥著各項本能需求與衍生的欲望，以及由此而生之種種追求滿足的活動，個個瑣細且必須，而我們的身心靈如何能承受此七情六慾與人我關係交錯而來的諸種衝擊與心念起伏？自日常生活開展出的人文省思，最為關鍵和基本的莫過於如何做自己：自我瞭解、與自己和解，以及與他人好好相處。蔡康永以其豐富的閱歷和敏銳的覺知，簡明扼要為我們帶來省思既定標籤給我們情緒影響的一課——想做自己就該明白自己的情緒和感覺從何而來，又如何安放之，做自己的主人，這才是培養情商的價值。在文壇中嶄露詩文與藝術創作等多面向才華的許悔之，則是親身經歷人生的躁鬱狂暴，最終在信仰與創作中得到自我之安頓。他自言藉由創作得以不斷探索自己的心與生命。❽本書收錄其〈氣味的辭典〉一文，即是以氣味為主軸貫串其成長歷程。記憶深刻的諸種氣味既記錄了他人生中各色難以言喻的片刻，也使他能不斷回顧自我，完整自我。李崇建則結合其自身經歷與諮商專業，以簡明的人生小故事，寫信給隱喻為書中主角「長耳兔」的青少年們，為遇到挫折的年輕心靈提供安撫的溫柔言語及具體可行的心念引導。在大人世界與青少年的成長過程之間，作為連結與引導的關鍵角色莫過於父母。蔡穎卿以溫暖而堅定的教養主張成為「媽媽界教主」，其書名「我想做個好父母」何嘗不是有心擔任父職母職的大人面對子女時的本心初衷？然真正能不受社會與他人之有限框架影響，得其門而入者又有多少呢？本書選錄〈不會做與不想做〉一文，開宗明義指出「教」、「育」在觀念導正與物質照護上的不同，但皆需要持之以恆，是以在家庭中由父母所主導的生活教育之重要性並不遜於學校。文中再以吃飯所具有的生活教導之義，進而說明孩子與父母之間各自存在「不會做」與「不想做」的教養盲點，推導

❽見聯合報錢欽青、袁世珮採訪，袁世珮撰稿，「經濟日報．風格人物」報導，2020-10-26。網頁：https://money.udn.com/money/story/120862/4963840

至父母和孩子皆應為培養生活能力和良好習慣負起責任。教養並非只是某人或某一階段性的任務，其中亦包含自我成長與人我互動，曾經懵懂的青少年也有一天會成為父母或類似的引導角色，而蔡穎卿所言之教育觀與為生活負起責任的觀點，值得終將經歷不同人生階段或總是身兼不同角色的我們加以參照。

知識殿堂與日常生活中的自我追尋亦隨著時代和世界的變化而有新的挑戰與思考面向。人工智能已然影響我們當下的生活，並且隱含著許多已知和未定的議題，特別是人類將如何與之共生互益而避其害。[9]如果有一天，人工智能的進化不再需要人類的開發啟引，它自身即擁有自主性，具有自我瞭解，且有著情緒、情感等無法標準化的個體感知，其自我意識的萌發及所導致的自我發展與定位，應也是隨即將發生的事。[10]至於，自此之後，具有自我意識的「它」會進化為何種「生命體」？[11]對於人類又是

[9] 對於「人工智能」的未來發展目前主要有悲觀派與樂觀派。除了有認為技術上終將突破不了的說法外，悲觀派更認為不應忽略強大的人工智能會危及人類的威脅性，一如諸多科幻小說或電影所揭示者；至於樂觀派或認為人類將創造出更聰明的機器，有助於解決人類社會的重大問題，甚至，大膽對未來人工智能的影響提出一種預測：「不管情況怎樣，我們注定要喚醒宇宙，利用非生物形式讓人類的智慧得以擴展到宇宙中，才能為宇宙的命運做出明智的抉擇。」可參見雷・庫茲威爾（Ray Kurzweil）著，陳琇玲譯：《人工智慧的未來：揭露人類思維的奧祕》（How to Create a Mind: The Secret of Human Thought Revealed）（臺北：經濟新潮社，2015年）頁361。在此之外，另有一種自演化角度對人工智能之發展為「地球心靈」以超越人類和所有自然物的論點，見喬治・戴森（George Dyson）著，王道還譯：《電腦生命天演論：人工智慧的演化》（Darwin Amoung the Machines）（臺北：時報文化出版企業股份有限公司，2001年）

[10] 艾西莫夫《機器人之夢》（Robot Dreams）即是一例。

[11] 相關問題可參吳明益為《銀翼殺手》所撰寫的導讀。其中言及，當仿生人已然極度擬真，人們最大的難題是怎麼辨識出仿生人？而這其中所牽涉的問題，涵蓋千百年來哲學、藝術與科學反覆探究的問題：「在西方，這可是涉及了宗教裡人僭越上帝形象的誘惑；而在演化論之後，這更關係到生態倫理學最核心的問題：在萬物尺度裡，人究竟位居何處？」其指出這同時也是西方科幻小說自瑪麗・雪萊的《科學怪人》、艾西莫夫的機器人系列，以及PKD的作品中所關切的問

否具有威脅性？如果以人類於地球上的發展歷史而言，具有判斷力、高度能力，又和人類不同生物型態的高階智慧生命體，會如何審視我們人類的功過呢？「它」會願意讓禍害遺留千年嗎？又或是「它」會是否會發揮其高度發展，甚至凌駕於人類的科技力量，對人類進行符合其標準的改良措施，譬如優生化、複製、豢養，甚至屠殺……，一如我們曾經或至今仍然對這世界的自然環境、所有物種（包含人類自身）所做過的事（不論好壞）？在那個當下，具有意識、知覺和思考能力的我們人類又該當如何面對被宰制而未知的命運？那時的我們所扮演的角色已不再是萬物之靈，而只是端賴於具有智慧之機器對我們可能施加慈悲，也可能冷酷以對的某高等物種。捫心自問，我們人類的結局會是如何呢？

在此不斷揣測著人工智能之發展有益或有害於我們的時刻，或許在事關一己存亡的危機感之外，我們可以深入思索的是，不必等到當時才思考如何與其他具有高階心靈意識的智慧體溝通談判，以維護人類的生存權益；我們應當在此刻當下即加以覺察省思，究竟身為萬物之靈的我們之存在意義與必要性是什麼？人類在這萬物彼此相依而運行著的世界上所扮演的角色，一言以蔽之，即是《易經》和《天工開物》所揭示的人文精神——人之所以立足天地之間，乃為「參贊天地」而來，所作所為皆應有助於化生萬物以使之得其所哉。而此一透過自我貢獻以自我實踐的定位發展之姿態，似乎是面對未知的科技文明之發展未來，相較於純就關切一己之生死存亡之心態，更加立意良善、切中問題，並更能引導人類重新在世界中找到不需外物肯認的自我定位。如果，未來的人類之作為已然能無愧於天地與萬物之間，其存

題：「設若這些人造人已經逼近『生命體』（不妨稱之為準生命體），那麼人類是否有權剝奪它們的『生命』（此處又衍生一個問題，所謂的生命該怎麼定義呢）？」是以，一切的問題終歸於必須對人性進行反省。見吳明益：〈你曾經有過的每一個想法都是真的〉，收於菲利普．狄克（Philip K. Dick）著，祁怡瑋譯：《銀翼殺手》（臺北：寂寞出版社，叩應總經銷，2017年）頁10–14。

在之必要性自不需其他高階智慧體裁決；而如果，真有那麼不可抗拒於終結的一天，作為名符其實的萬物之靈的我們，面對世界與自己的人生，也沒什麼好遺憾的了。

此亦陶淵明〈神釋〉中所領悟的真諦：「縱浪大化中，不喜亦不懼。應盡便須盡，無復獨多慮」——在宇宙天地的自然變化與人事變遷中，無可掌握的是生死禍福、成敗得失、毀譽榮辱，但求盡人事於努力面對，此後便無需再多憂慮天命定下的結局——因為曾經為了理想盡其在我，一己的存在意義乃在生活的過程中被一一實踐、積累，而非局限於最後的結局，所以可以了無遺憾地面對一切。這是既積極面對世界追尋自我發展，又具備高度人生智慧的自我實踐之姿態，也是至此，人類的發展前景不再憂患於非人的影響，而有了值得你我企盼終有一天真正達到「天地人」之境界的可能。

目次

易經・乾・文言

〈文言〉❶曰：「元」者，善之長也；❷「亨」者，嘉之會也；❸「利」者，義之和也；❹「貞」者，事之幹也。❺君子體仁足以長人，❻嘉會足以合禮，❼利物足以和義，❽貞固足以幹事。❾君子行此

❶〈文言〉亦稱〈文言傳〉，大多認為係後人假託為文王之言以專解乾、坤兩卦的意義，後來相傳孔子為之作傳，乃《十翼》中之一篇。唐代孔穎達《周易正義》：「文謂文飾，以乾坤德大，故特文飾以為文言。」

❷「元」，生物之始。善，美之意。長，尊長之意。此句云天地生物無偏私，故無物不生。此泛愛眾物之美德被稱為「元」，為眾美之首。

❸「亨」，大亨之禮，喻極其豐盛。古云兩美相合為「嘉」，眾物相聚為「會」。此句指出萬物始生後成長得繁茂亨通之貌。

❹「利」，施利於他物。「義」，相宜。古人認為陰陽雖然相對，但在相和各得其宜之後，萬物方能生長、繁茂以致互利，合乎天地之道。

❺「貞」有「正」之意。「幹」為主幹、根本。此句云「貞」代表著陰陽相和中正不偏，故有「幹」所代表的萬事萬物之正固持久。以上四句是〈文言〉對卦辭「元亨利貞」的基本解釋，並以此延伸至論述君子行事應當具有這四種美德之說。

❻君子體現天地仁愛之「元」德，故可為人們之君、師或尊長。

❼君子體現天地生物繁茂會聚之「亨」德，故待人接物皆可以合乎禮儀。

❽君子體現天地陰陽和合得宜之「利」德，故能處事得宜合乎義，以致施利於他物。

❾君子體現天地陰陽保合不偏之「貞」德，堅持正道而行，正己正物，使萬事得其正幹而成。

四德者，故曰「乾：元、亨、利、貞。」[10]

初九曰：「潛龍勿用。」[11]何謂也？子曰：[12]「龍德而隱者也。[13]不易乎世，不成乎名，遯世無悶，不見是而無悶，樂則行之，憂則違之，確乎其不可拔，潛龍也。」[14]

九二曰：「見龍在田，利見大人。」[15]何謂也？子曰：「龍德而正中者也。[16]庸言之信，庸行之謹，閑邪存其誠，善世而不伐，德博而化，《易》曰『見龍在田，利見大人』，君德也。」[17]

---

[10] 君子行仁能得眾，行禮能合眾，行義能利眾，行事能使事正。故可謂具有仁、禮、義、智等德行，合乎乾卦之四種美德。於此總結上述所解釋之卦辭，以及兼論君子所應有之四種德行。以下則在天地以陰陽二氣交合生萬物之原理下，將乾卦設出六種相位，取龍為象，並通過龍在六個爻位上的潛、見、惕、躍、飛、亢之說明，解釋在不同時間條件下，事物的不同變化，以及其終始循環的發展過程，便藉此將「六龍」變化以駕御天道規律之說發揮至君子的為人處世之道。類似說法另見〈彖傳〉：「大哉乾元，萬物資始，乃統天。雲行雨施，品物流形；大明終始，六位時成；時乘六龍以御天。乾道變化，各正性命；保合大和，乃利貞。首出庶物，萬國咸寧。」

[11] 初九爻辭說，潛伏的龍，暫時不要有所作為。

[12] 子，指孔子。下文凡稱「孔子」均是如此。

[13] 龍德而隱者，指具有像龍一樣剛健的德性而隱藏不露光芒的人，比喻有才德而未到該出世之時的君子。古人認為龍是善於變化之物，既能潛水，又能行地飛天，故取之為象以明變化之道。

[14] 易，動詞，改變之意。遯世，避世之意。拔，動搖、移易。是，動詞，贊同之意。違，避也。確乎，堅高之貌。此處云，像潛龍般的君子，不會因世俗的影響而改變志節，既不求名，也甘心避世隱居而不感到苦悶，即使不為世人所稱許，亦然。君子憂樂皆不違於心，始終保持堅定不移的德行操守。

[15] 九二爻辭說，龍出現在田野上，此時有利於大德大才之人出世。另一說為，利於見到有德而居上位的人物。

[16] 九二居下卦之中位，被視為得中庸之道，是一中正之位，乃是說有龍德的君子以中正之道立身處事，無不合宜，故當是出世發揮作用之時。

[17] 庸，常也。信，誠實。謹，嚴謹。閑，防止。善世，使世俗變為美好。伐，自誇。化，在此指感化世俗。君德，言九二

九三曰：「君子終日乾乾，夕惕若；厲，無咎。」⑱何謂也？子曰：「君子進德修業。忠信所以進德也。修辭立其誠，所以居業也。知至至之，可與幾也。知終終之，可與存義也。是故居上位而不驕，在下位而不憂，故乾乾因其時而惕，雖危無咎矣。」⑲

九四曰：「或躍在淵，無咎。」⑳何謂也？子曰：「上下無常，非爲邪也。進退無恒，非離群也。君子進德修業，欲及時也，故無咎。」㉑

爻雖未達君位，但已具備君主之德。此處云，君子立身處事以中正之常道，故無一言不誠實，無一行不嚴謹。是以，其言行亦合中庸之道地恰如其分：他們能防止邪惡的誘惑而保持其誠摯的德行、改善世俗而不因此自誇，並以其美德廣播於世，感化眾人。此即九二爻辭所說之意，指君子雖未居其位，但已具備在上位者之美德。

⑱九三爻辭說，君子終日勤奮，行事不懈，即使是夜晚，亦時刻戒慎警惕，如處憂危之地，以此方可避開禍害而無過失。「乾乾」，自強不息貌。「惕」，小心謹慎。「厲」，危也。九三處下卦之終，又臨上卦之始，故有或上揚或下降的變化可能。

⑲「進德修業」，修治一己之品德與功業。「修辭」，修習文辭。「居」，藏居於此，指積累；居業，即日益積藏功業之意。「至」，達到。前一「至」字為名詞，後一「至」字為動詞，「知終終之」的兩個「終」字，其詞性亦是如此。「幾」，幾微，指事物發展所顯示出的變化徵兆。「存」，保存。「義」，宜。「居上位」與「在下位」，可分別指九三爻居於內卦之上位，以及九三爻處於外卦之下，或是衍生為人或居上位或在下位時的情境。此處云，君子必須增進一己之德行和功業，而對人忠誠守信即是增進美德的基礎；研習文辭、心口如一，則所作所為得以日益積藏為功業。知道有該達到的目標，就一定達到，如此即能把握住事物變化的徵兆；知道有該終止的時刻，就及時終止之，如此便能處事得宜以全道義。因此，君子能處於上位而不驕傲，處於下位而不憂悶，即能夠如九三爻辭所說的，不論居上位或在下位，皆能待時而動。

⑳九四爻辭說，龍或躍起，或潛伏在深淵，均無過錯。九四爻位已離下卦而入上卦，處於上下之交，與九三類似，同處危疑之間，因此，君子須根據具體情況而決定或上或下、或進或退。

㉑「上下無常」，乃指地位之可上或可下，出處之或進或退，皆須選擇恰當時機。「為邪」，為了邪惡目的。「群」，同

九五曰：「飛龍在天，利見大人。」㉒何謂也？子曰：「同聲相應，同氣相求。水流濕，火就燥。雲從龍，風從虎。聖人作而萬物覩。本乎天者親上，本乎地者親下。則各從其類也。」㉓

上九曰：「亢龍有悔。」㉔何謂也？子曰：「貴而無位，高而無民，賢人在下位而無輔，是以動而有悔也。」㉕

「潛龍勿用」，下也；「見龍在田」，時舍也；「終日乾乾」，行事也；「或躍在淵」，自試也；「飛龍在天」，上治也；「亢龍有悔」，窮之災也；乾元「用九」，天下治也。㉖

類也。此處云，君子增進美德、修治功業，要把握有利的時機，且立即採取行動，才能無過。

㉒九五爻辭說，龍高飛上雲天，有利於大德大才之人出現。此爻為乾卦中最尊之位，故以「飛龍在天」為象。大人，即具有才德之人，或是在上位者。傅佩榮於《樂天知命》一書中釋九五的卦位云：「爻的位置分兩種：初、三、五叫剛位，適合陽爻；二、四、上叫柔位，適合陰爻。九五是居中且正的位置，因為它在上卦三爻的中間、全卦的天位，所以是『中』；又因為它是陽爻位居第五的剛位，所以是『正』位，龍可以大顯身手，所以是最好的。」

㉓「應」，感應。「求」，合。「覩」，看見。「聖人」，即大人。「萬物」，天下。馬其昶《周易費氏學》云：「五以中正在上，二自化而應之，所謂相應相求也。此發明兩爻同言『利見大人』之義。」此處云，以水火各就濕燥，以及雲龍、風虎各自相從之特性為例，言各種事物之相應、相求、親上、親下的趨向，並歸結至其皆依其同類而相從，故天下人皆樂於見到這樣的大人。

㉔上九爻辭說，高飛之龍升至極點後，必將有所憂悔。

㉕「亢」，過、極甚之意。孔穎達《周易正義》疏云：「上九，亢陽之至，大而極盛，故曰亢龍。」吳澄《易纂言》疏云：「吉凶悔吝皆生乎動。亢極之時宜靜退，不宜動進，動而後有悔也。」徐志銳《周易大傳新注》指出，「上九之乾陽雖然高貴，但已發展到了極點而走向了反面，必然失去其繼續存在的地位。如以人事講，好比貴為人君而失尊位，高高在上而無民眾，賢人在下而不予輔助。處於這種形勢下不宜輕舉妄動，因為繼續運動就會加速其轉化過程而致『悔』」。

㉖「下」，指初九爻處於下位，言君子隱居地位微賤。「時舍」，時適在此。舍，置之意。「行事」，勤勉於事業。

「潛龍勿用」，陽氣潛藏；「見龍在田」，天下文明；「終日乾乾」，與時偕行；「或躍在淵」，乾道乃革；「飛龍在天」，乃位乎天德；「亢龍有悔」，與時偕極；乾元「用九」，乃現天則。㉗

乾元者，始而亨者也；利貞者，性情也。乾始能以美利利天下，不言所利，大矣哉。㉘大哉乾乎，

「試」，驗也，驗證所學以隨時備用。「上治」，居於上位而治理在下之民。「窮」，窮極。朱震《漢上易傳》云：「窮則變，變則通。窮而不知變，窮之災也。」「用九」，「九」在《易經》中指陽爻，「六」則為陰爻，而乾卦全為陽爻，故「用九」或乃概括而言通曉乾坤所象徵的陰陽之道，以發揮九六互變、乾坤易位、陰陽對轉而循環相生的作用。是以，「乾元」乃繼「貞」下起「元」，「元亨利貞」往復循環，永不間斷。〈文言〉於此處再次解釋六則爻辭和「用九」之辭，以爻明人事之變化。

㉗「潛藏」，陽氣雖生未出，潛藏地下。「文明」，文彩顯明，借指陽氣已升，草木萌芽，大地文彩昭明。「與時偕行」，隨天時奮發不息。「革」，變革。此句言隨陽氣上升，天時更換春去夏來的一番變化。「天德」，上天造就萬物之美德。此句言陽氣已上升至極盛，造就萬物至秋而實。「極」，極限。此句言陽氣已至窮極，秋天將至。「天則」，天之法則，即陽極轉陰之定律。此處乃以乾陽之氣的發展變化解釋六爻之爻辭，多以氣候言天道運行的自然法則。

㉘〈文言〉再次解釋乾卦卦辭，主要申論《彖傳》所言乾之「四德」，以明乾卦所象徵的陽氣乃創生亨通天地萬物之本元。「性情」，資質或實質。「乾始」，即乾元，具備「元亨利貞」之四德。此處乃贊許乾之美善，乃在其陰陽和合生長萬物以利天下之德，而不居其功，故品德偉大。「以美利利天下」，用美好的利益施利於天下。前一「利」字為名詞，後一「利」字為動詞。

剛健中正，純粹精也。㉙六爻發揮，旁通情也，時乘六龍，以御天也。雲行雨施，天下平也。㉚

君子以成德爲行，日可見之行也。潛之爲言也，隱而未見，行而未成，是以君子弗用也。㉛

君子學以聚之，問以辯之，寬以居之，仁以行之。《易》曰：「見龍在田，利見大人。」君德也。㉜

九三重剛而不中，上不在天，下不在田，故乾乾因其時而惕，雖危，無咎矣。㉝

㉙宋代俞琰《俞氏易輯說》：「六十四卦唯乾純陽，而其德最大，故孔子贊乾之元、乾之利皆曰大，又贊乾之九五曰大哉乾乎，剛健中正，純粹精也。剛則不屈，健則不息，中則無過無不及，正則無反無側，純則無雜，粹則無疵，精則純粹之至也。乾之六畫，無不剛，無不健，二五皆剛健而得中，九五則剛健得中而且正，六畫皆陽而無一陰畫間於其間，可謂純矣。」「純粹」，精也；絲精為純，米精為粹，精乃純粹之至極。此處指出，乾之六爻均為純陽，具有剛強勁健、持中守正與純粹不雜之特性，極稱其德。

㉚朱熹《周易本義》釋「旁通」為「猶言曲盡」。又釋後文云：「言聖人時乘六龍以御天，則如天之雲行雨施，而天下平也。」「時乘六龍」之說，乃與《彖傳》同，見註10所言乾卦取龍為象之六種相位，以及所體現的天道變化之規律。此處借雲行雨施之自然現象闡述萬物普遍所受乾德之澤惠，天下因而安定。

㉛自此句以下，皆以乾卦發揮君子修養德行之說，再次解釋初九爻辭。「成德」，成就德業。「行」，行事。「日」，每天。「見」，通「現」，出現。此處云君子應以成就德業為行事之原則，使之日益顯現於外，而初九爻辭所謂「潛」，即指尚處於隱晦之時，其德行未能顯現，行事不成，因此君子暫時不能有所作為。

㉜「聚」，具也，指知識的積累。「辯」，通「辨」，考問得其實，即辨別。「居」，指待人處世。「寬」，指心地寬宏。此處云君子努力學習以積累知識，置疑問難以辨別是非，以寬宏之心博學深藏、待人處世，行事則將其仁愛的胸懷推及天下。此即乾卦九二爻辭所言之為君者所應具備的美德。

㉝三國虞翻於此注云：「以乾接乾，故『重剛』。位非二、五，故『不中』。」徐志銳《周易大傳新注》加以說明此句所發揮「君子終日乾乾，夕惕若；厲，無咎」之義：「九三居下乾之終又接上乾之始，處於上下兩剛相重之地，過了九二又未及九五而未得中位。一卦六爻以初、二為地位，五、上為天位，三、四為人位，九三居於人位，是『上不在天，下

九四重剛而不中，上不在天，下不在田，中不在人，故「或」之，或之者，疑之也。故無咎。㉞

夫「大人」者，與天地合其德，與日月合其明，與四時合其序，與鬼神合其吉凶。先天而天弗違，後而奉天時，天且弗違，而況於人乎！況於鬼神乎！㉟

「亢」之爲言也，知進而不知退，知存而不知亡，知得而不知喪，其唯聖人乎！知進退存亡而不失其正者，其唯聖人乎！㊱

不在田』。未得中位象徵未得中道，『上不在天，下不在田』又象徵處於不尊不卑之地位，這種境況容易招禍。但『重剛』而能乾乾不息，根據其所處的具體條件而時刻警惕，亦可化險為夷而不犯錯誤。」

㉞此句發揮「或躍在淵，無咎」之義。蘇軾於此云：「『或』者，未必然之辭也。其躍也，未可必，故以『或』言之，非以『或』為惑。」傅佩榮《樂天知命》言「三和四這兩個爻的爻辭，有時會出現『或』字，代表有選擇性」，至於如何正確選擇，有待君子時時戒慎恐懼，審時度勢而定。「疑」，有評審之意。

㉟此則發揮九五「飛龍在天，利見大人」之義。其所謂「大人」是具有化育萬物之天德，且已與日月、四時、鬼神等象徵的天道規律相默契，而不論先於或後於天象，其所作為皆能與天道不相違背，可謂是一已掌握天道之真諦者。姚配中《周易姚氏學》云：「與，偕也。化育萬物謂之德，照臨四方謂之明。序，次序。弗，不也。」吳澄注云：「日月，四時，鬼神，皆天地之氣所為。氣之有象而臨照者為日月。氣之循序而運行者為四時。氣之往來屈伸而生成萬物者為鬼神。名雖殊，其實一也。」夫，發語詞，無義。四時，指春生、夏長、秋收、冬藏。先天，先於天象。後天，後於天象。奉，遵循。且，尚且。

㊱此句發揮上九爻辭「亢龍有悔」之義，針對「亢」者只知其不知其二，不能掌握窮極而變、陰陽和合之道的盲點，特加以闡釋之，並歸結為唯有聖人具有隨時變通又不失中正之道的道德修養，以惕勵諸人。其，大概，語氣副詞。

天工開物❶・序

宋應星❷

天覆地載❸，物數號萬，而事亦因之曲成而不遺❹。豈人力也哉？

❶「天工」一詞，原指天的職任。《尚書．皐陶謨》：「無曠庶官，天工，人其代之。」古以王者法天而建官，代天行職事。潘吉星《天工開物校注及研究》中說明，宋應星乃將「天工」轉義為「天」（自然界）的職能，可理解為大自然形成萬物之功力，或指與人工相對的自然界的功巧。「開物」一詞則出自《周易．繫辭上》：「夫《易》開物成務，冒天地之道，如斯而已者也。」意即《易》使人有開通萬物之志、成就天下之務和覆冒天下之道的功能，指出人對大自然萬物宜加開發利用。又據楊維增編著《天工開物新注研究》所歸納之說，所謂「天工開物」，便是作者結合上述兩者的概念：在順應自然力為前提下，以天工之道為根本，以人工技巧自自然界中開發出有用之物。是以，「天工開物」一名中實包含順應自然，從而開創出自然和人力的融合與發明。此亦呼應《易經》中許人以參贊天地之重要角色的思維。

❷宋應星（一五八七至約一六六六），字長庚，明朝江西奉新人。明萬曆四十三年（一六一五），二十九歲與其兄宋應昇一同參加鄉試，皆中舉，時人稱為「奉新二宋」。然而，其後五次應試，歷時十五年，皆不第。遂有感於士人之埋首於四書五經，飽食終日，卻不知糧米如何而來；身著絲衣，卻不解蠶絲如何飼育織造，而興起記錄其在各地所見聞之關乎日用民生技術之心。五次赴京之行，也增進宋應星的見識。在崇禎七年（一六三四）任江西分宜教諭，開始編著《天工開物》，並於崇禎十年（一六三七）四月寫成，由友人涂伯聚付印刊行。明朝末年辭官歸鄉，後來清兵南下，其兄服毒殉國，宋應星則隱居不仕，約在清康熙五年（一六六六）辭世。《天工開物》曾經散佚，後在日本為學者正式研究，又陸續發現明代與清代的版本，自此《天工開物》即廣泛流傳，成為了記錄古代中國傳統科學與科技的「技術的百科全書」，宋應星更被李約瑟尊稱為「中國的狄德羅」。其著述多佚，另有《野議》、《談天》、《論氣》、《思憐》四部著作。

❸天覆地載：語出《禮記．中庸》：「天之所覆，地之所載。」《莊子．天地》：「夫道，覆載萬物者也。」指養育包容萬

事物而既萬矣❺，必待口授目成❻而後識之，其與❼幾何？萬事萬物之中，其無益生人與有益者，各載其半。世有聰明博物者，稠人❽推❾焉。乃棗梨之花未賞，而臆度楚萍❿；釜鬵之範鮮經⓫，而侈談莒鼎⓬；畫工好圖鬼魅而惡犬馬，即鄭僑、晉華⓭，豈足爲烈哉？

物的天地。

❹曲成而不遺：語出《周易・繫辭上》：「曲成萬物而不遺。」指天地以各種方式成就萬物而毫不遺漏。

❺「事物而既萬矣」三句：事物之繁多至以萬數，如果每一事都要經別人口授或自己親見而後認識，又能認識多少？更何況，世上的萬事萬物中，有益與無益者各佔一半，如何揀選，便是個重要的問題。由此點出作者寫此書以增廣見聞、有益於世的用意。

❻目成：原指以目傳情。《楚辭・九歌・大司命》：「滿堂兮美人，忽獨與余兮目成。」此處指親眼看到。

❼與：語助詞，沒有實義。

❽稠人：眾人。

❾推：推崇、推重。

❿楚萍：典出《孔子家語・致思》篇：「楚昭王渡江，見物大如斗、圓而赤，群臣莫識。王使人問孔子，子曰：「此謂萍實也，可割而食之，吉祥也。」」作者借此典故諷刺不識生活中常見棗梨之花者，卻往往以其主觀臆度揣測傳說中的楚萍，可見其高談闊論的不切實際。

⓫釜鬵之範鮮經：指很少接觸鑄鍋的範模。「釜」：小鍋。「鬵」：ㄒㄧㄣˊ，鼎一類的炊具，形似甑而上大下小。此處指大鍋。「鮮」：ㄒㄧㄢˇ，少。

⓬莒鼎：《左傳》魯昭公七年（前五三五）記晉侯賜鄭相子產莒國所鑄之二方鼎，原物不存，去明代已二千多年。畫工好圖鬼魅而惡犬馬：典出《韓非子・外儲說左上》：「客有為齊王畫者。齊王問曰：『畫孰最難？』曰：『犬馬難。』『孰為易？』曰：『鬼魅最易。夫犬馬，人所知也，旦暮罄於前，不可類之，故難。鬼神，無形者，不罄於前，故易之也。』」作者用此典故強調研究有切日用之事物更有其必要性與難度。

⓭鄭僑：春秋時鄭國政治家子產（？—前五二二），因其為穆公之孫，名僑，字子產，故又稱公孫僑，亦以博物多聞見

幸生聖明極盛之世，滇南車馬縱貫遼陽，嶺徼宦商衡遊薊北[14]。為方萬里中，何事何物不可見見聞聞？若為士而生東晉之初、南宋之季，其視燕、秦、晉、豫方物已成夷產，從互市[15]而得裘帽，何殊肅慎之矢也[16]！且夫王孫帝子生長深宮，御廚玉粒正香而欲觀耒耜[17]，尚宮錦衣方剪而想像機絲[18]。當斯時也，披圖一觀，如獲重寶矣！

年來著書一種，名曰《天工開物卷》。[19]傷哉貧也[20]，欲購奇考證，而乏洛下之資[21]；欲招致同人，商略贗真[22]，而缺陳思之館[23]。隨其孤陋見聞，藏諸方寸[24]而寫之，豈有當哉？吾友涂伯聚先生[25]，

稱。晉華：西晉政治家、文學家張華（二三二—三〇〇），字茂先，是西晉大臣，以博洽著稱，著有《博物志》。

「烈」：功業、顯赫的名聲。

[14] 嶺徼：泛指嶺南，包含今廣東、廣西、江西和湖南之地。「衡遊薊北」：「衡」借為「橫」字，薊北即河北省。此處指明代較分裂偏安的東晉和南宋更加幅員遼闊，且南北東西皆可交通，即使是嶺南一帶的官吏或商人都能暢遊北方，由此更強化增廣見聞之重要性。

[15] 互市：我國古代各民族之間或同外國進行貿易的通稱。

[16] 肅慎之矢：《國語》下載周成王時（前四六八—四四一）肅慎以楛矢、石砮入貢。肅慎乃古代分布於黑龍江、松花江流域的民族名，周時稱肅慎，進貢箭給周成王，表示臣服於周朝。漢、晉稱挹婁，五代稱女真。

[17] 耒耜：ㄌㄟˇ ㄙˋ 翻土所用的農具。耒為其柄，耜為其刃。

[18] 機絲：織機和絲帛。

[19] 楊維增編著《天工開物新注研究》指出，在《天工開物》的幾種版本中皆未見「卷」字，仍從其行之數百年的書名《天工開物》稱之。

[20] 傷哉貧也：語出《禮記．檀弓下》：「子路曰：傷哉貧也，生無以為養，死無以為禮也。」

[21] 洛下之資：《三國志．魏志．夏侯玄傳》注引《魏略》中所記蔣濟之語：「洛中市買，一錢不足則不行。」此處借指無錢。

[22] 商略贗真：討論事物的真偽。「贗」：ㄧㄢˋ，偽品。

誠意動天，心靈格物[26]，凡古今一言之嘉，寸長可取，必勤勤懇懇而契合[27]焉。昨歲《畫音歸正》[28]，由先生而授梓[29]，茲有後命，復取此卷而繼起爲之，其亦夙緣[30]之所召哉！卷分前後，乃「貴五穀而賤金玉」[31]之義。《觀象》、《樂律》[32]二卷，其道太精，自揣非吾事，故臨梓刪去。

[23] 陳思之館：陳思王曹植（一九二—二三二）的賓館。魏武帝曹操子曹植建館召文人學士與之聚會從遊。

[24] 方寸：心裡。

[25] 涂伯聚：即涂紹煃（一五八五？—一六四五），字伯聚，號映薇，江西新建人，明朝萬曆四十三年（一六一五）與宋應星同榜舉人，萬歷四十七年（一六一九）進士，曾任都察院觀政、進廣西左布政使等官，是宋應星的同學、朋友，亦資助宋應星的著作刊印。

[26] 心靈格物：精心於格物之學。「格物」，即推究事物之理，或可衍生至探究生活中各色具體現象，接近科學研究。

[27] 契合：修訂成書。

[28]《畫音歸正》：宋應星論音律的著作，崇禎九年（一六三六）由涂伯聚資助刊行，今已佚。

[29] 授梓：刊行書籍。

[30] 夙緣：多年友誼。

[31] 貴五穀而賤金玉：西漢政治家鼂錯（前二〇〇—一五四）上文帝疏中之語：「夫珠玉金銀，饑不可食，寒不可衣……粟、米、布、帛……，一日弗得而饑寒至。是故明君貴五穀而賤金玉。」

[32]《觀象》、《樂律》二卷：宋應星完稿中本有關乎天文和樂律的兩部分，因自覺兩者皆非自己擅長的領域，故刪去。臨梓刪去：作者原想將《觀象》、《樂律》二卷刊於《天工開物》卷末，但於即將付印之際刪去之。

丐大業文人[33]，棄擲案頭！此書於功名進取[34]毫不相關也。

時　崇禎丁丑孟夏月[35]奉新宋應星書於家食之問堂[36]

[33] 丐大業文人，棄擲案頭：丐，請求，在此乃是呼籲提醒那些將應試升官視作偉大事業的讀書人不須閱讀本書，即強調本書之與民生實用之關係，非為科舉而作。語氣激昂，既有對讀書只關心科考，不顧日用實際的嘲諷，也有突顯其用心之意。

[34] 功名進取：科舉入仕。

[35] 崇禎丁丑孟夏月：合公元一六三七年夏曆四月。

[36] 家食之問堂：即作者的書齋名，其字面上之意為研究家常生活學問的書房。典出《周易．大畜》：「不家食，吉，養賢也。」其義是在上位者有大德，使賢能之人皆得其所，為官濟世，使其不在家自食。然而，作者反其意而用之，一方面可說是對自己不甚如意的仕宦生涯有所嘲弄，另一方面，也是提出一種新觀點，指出賢者亦應在家自養其食，致力於「家食之問」以推究存於生活日用中實際的技術知識。

第三堂課　上大學該選什麼課？

劉炯朗

蘇格拉底說：「智慧是知道自己的知識是何等貧乏。」
柏拉圖說：「不關心和參與政治的代價，是你將會被不如你的人管轄。」
亞里斯多德說：「能夠欣賞好人和好事，是一個人最重要的性格和風度。」

美國波士頓有兩所鼎鼎有名的大學，一所是哈佛（Harvard），特別以人文藝術教育出名；一所是麻省理工學院MIT，特別以理工教育出名。開玩笑時，大家常常會很極端的說：「哈佛的學生只會人文不懂理工；麻省理工的學生只會理工不懂人文。」

有一天，在當地的超級市場快速付款通道上，有兩個學生在排隊，推車裡裝了滿滿的雜貨。當第一個學生把一車雜貨推到收銀台前，收銀台的小姐發火了，跟這個學生說：「你沒看到這個快速付款通道旁邊的牌子嗎？上面清楚的寫著：『快速付款通道，限十二件物品以下』。」這個學生說：「哦！對不起，我是麻省理工的學生，英文不太靈光，沒看懂。」

接著，第二個學生又把一車雜貨推到收銀台前，收銀台的小姐又發火了，問這個學生：「你沒有看到這個快速付款通道旁邊那個牌子嗎？上面清清楚楚的寫著：『快速付款通道，限十二件物品以下』。」那個學生說：「哦！對不起，我是哈佛的學生，數學不太靈光，沒數對。」

我想談談大學教育課程。一個學生在大學四年裡，會選些什麼課？應該選些什麼課？會得到怎麼樣的教育？應該得到怎麼樣的教育？這個題目，跟現在大學裡的老師和同學有直接關係；但我也希望對已經畢業的人，還在讀中學的人，大中小學的老師們、家長們，和關心我們下一代教育的每一個人，也對這題目感到興趣。

在大學裡，不同科系，大致可以分成兩類：一是專業教育（professional training），例如，工程、會計、護理、貿易等，專業教育的目的，自然是培養畢業以後可以進入學生所選擇的專業裡的工作能力。另一類是人文藝術教育（liberal arts education），它還有個很不錯的中文翻譯「博雅教育」，那就是廣博、優雅的教育。「博」也是liberal這個字裡ber的音節，「雅」也是arts這個字裡art的音節，人文藝術教育的科系，包括：中文、英語、音樂、數學等，也可以叫做通識教育。

在專業教育和人文藝術教育的分類中，台灣大學的教育制度和美國大學的教育制度有個不同的地方：醫學、法律、商業管理等專業教育，在台灣都是在大學就開始；但在美國，學生先接受四年的人文藝術教育或者工程、會計等專業教育，拿到學士學位之後，才進入醫學院、法學院、商業管理學院等。

我覺得四年的通識教育加上後續的專業教育，是一個很好的模式。而事實上，現在許多專業教育的學生，都在大學畢業後進研究所，所以，大學四年更有很大的空間來強調通識教育，這包括在學生選擇專業裡的基本課程和訓練，等到了研究所才更加注重專業知識的培養。

●●●

我想推廣哈佛大學一位非常有名的教育家亨利．羅索夫斯基（Henry Rosovsky）的看法，不管是專業教育的科系，還是通識教育的科系，一個受過四年大學教育的學生，應該具有下列的能力和經驗：

第一、能夠做清晰、恢弘、敏銳的思考，能夠將自己的思想理念，透過語言文字有條理、有效和有力的表達出來。一個受過良好大學教育的學生，即使不一定是傑出的技術人員，最重要的是，他是一個能夠獨立思考和有充分表達能力的人。

第二、對道德和倫理有相當程度探索和思考的經驗，應對道德和倫理問題能夠瞭解、選擇和判斷。現代社會裡，充滿權力、財富、名望、地位的爭奪和誘惑，在選擇、取捨和決定的過程中，道德和倫理必須超越慣例、人情和法律，作爲我們做人做事應有的準則和導引。

第三、除了對自己目前的社會文化有所瞭解，更能夠對別人的社會文化、過去的社會文化有所瞭解。換句話說，必須具有世界觀和歷史觀的教育經驗，一個受過良好教育的人，不能生存在狹窄短視的生活圈子裡。

第四、對物理科學和生命科學有相當程度的熟悉，因而能夠體會如何經由知識的增長，而認識和瞭解宇宙、社會和人類自己。當然，我們不能也不會期待，一個學生對廣大而且瞬息萬變的科學領域，有充分的知識和深入的瞭解，但他必須對科學的方法和內容有相當的體會。

第五、對某一個學門，工程、科學、音樂，或外文，有相當深入的學習經驗，透過知識深度累積，培養推理、演繹、分析綜合的能力。

大學四年教育裡的五個重要方向和範圍，在四年課程裡很粗略的劃分是：有兩年是花在學生選擇的專業裡，那也就是亨利．羅索夫斯基講的第五點；有半年是讓學生選他喜歡的課程；剩下來的一年半，可以分配在通識教育上面。

學生在通識教育裡，應該選些什麼課才能滿足亨利．羅索夫斯基講的前四點呢？在很多學校裡，美國也好，台灣也好，通識教育很容易變成「營養學分」，以致於出現廣泛而沒有深度的題目，或者時髦另類的題目，來吸引學生，這都失去通識教育的原意和精神，那麼通識教育應該包括哪些課程？

我曾經讀過一篇刊登在《紐約時報》的文章，作者大衛．布魯克斯（David Brooks）在徵詢許多意見之後，針對美國大學裡通識教育的缺失，具體提出五門課、或者說是五個領域，作爲一個良好通識教育課程的核心，這其中有兩門是科學領域的課程，一門是腦神經科學，另外一門是統計學。

腦神經科學的發展已日漸成熟，在未來的五十年，許多人類的生活行爲都可以用大腦的結構和功能來解釋，在這個依然在摸索蛻變和進步的科學領域中，一個受過良好教育的人，必須具備基本的瞭解和判斷能力。

統計學是一門將數學和其他應用科學包括：工程、生命科學、經濟學，以至日常生活連結起來的學問，它會是一門有趣、有用、有啟發性的功課。

另外三門是人文領域的課程，第一門是宗教，作者認爲宗教將會是二十一世紀一個重大的推動力。當我們談到宗教，有許多不同的角度和層面，外在的虔誠和內在的信心，是一致的呢？還是有此消彼長的效應？無神論者和虔誠的信徒，是不是彼此都能夠瞭解並尊重對方的智慧？他們是不是都能夠接受善與惡的共存？

很多時候，善與惡的分辨是不容易的，因此作者特別推薦讀一位美國牧師和神學教授萊因霍爾德．尼布爾（Reinhold Niebuhr）的書，在知識分子中，他被認爲是一位很有深度的智者，也許有人曾聽過他的一句名言：「請上帝賜給我祥和平順，去接受不可以改變的事，賜給我勇氣去改變必須改變的事，賜給我智慧去分辨不可以改變和必須改變的事。」

「God, give us grace to accept with serenity the things that cannot be changed, courage to change the things which should be changed and the wisdom to distinguish the one from the other.」

人文領域的第二門，作者推薦希臘哲學家的著作，希臘哲學家裡最有名的三個人是：蘇格拉底（Socrates）、柏拉圖（Plato）和亞里斯多德（Aristotle）。他們是老師，徒弟和徒孫的關係，讓我選幾句他們的名言，蘇格拉底說過：「智慧是知道自己的知識是何等貧乏。」柏拉圖說過：「不關心和參與政治的代價，是你將會被不如你的人管轄。」亞里斯多德說過：「能夠欣賞好人和好事，是一個人最重要的性格和風度。」

「Philosophy（哲學）」這個字，源自希臘文中的兩個字：「philein」（愛好），「Sophia」（智慧、知識），哲學的基本定義就是對智慧（wisdom）和知識（knowledge）的愛好，也就是說愛好認識宇宙萬物，思考、瞭解其究竟，從而建立有系統的知識。

人文領域中的第三門，是讀古希臘的歷史。古希臘大約是指公元前一千年到公元前三百年，也就是距今三千年前到二千三百年以前這段時間。在這段時間內，古希臘在藝術、建築、神話、哲學、政治、教育、科學、人文運動都有著輝煌的成就。

提到這五個領域，有人會說，這是給美國大學生的建議，如果去問不同的教育家，一定也有不同的建議；希臘離我們十萬八千里，古希臘歷史是兩、三千年以前的老東西，學這些東西跟我們有什麼關係？學這些東西有什麼用呢？

我當然不會建議在我們的大學課程中，依照這個建議囫圇吞棗、照單全收。但是，值得我們思考的是，美國離希臘十萬八千里，古希臘歷史對他們來說也是兩、三千年前的老東西，美國是個科技最發達、全球第一名的資本主義大國，爲什麼他們的教育家會覺得培養和教育大學生，這些是重要的內容和課題呢？會覺得需要這樣的廣度和深度呢？

教育，不能夠以「有沒有用」作爲主要的衡量標的；教育，不應局限於狹隘的時空觀念；教育，沒有速成的捷徑；教育，不應有本小利大、買一送一的僥倖心態。

教育，不能像泡麵一樣，開水一泡就可以吃了；教育，不能像棉花糖一樣，甜甜的、鬆鬆的入口即化；教育，不能像鐵氟龍，只是在表面薄薄一層的材料；教育，不能像免洗碗筷，用過一次即被丟棄。胡適先生說過：「為學要如金字塔，要能廣大又能高。」其實，除了廣大和高，金字塔經歷幾千年的風霜還能屹立不搖，也正是教育的本質與精神。

還有一個笑話是說，有一個學工程的學生和一個對科學技術一無所知的書呆子，一起坐飛機長途旅行。

飛機起飛後，隔了很久，駕駛員宣布：「飛機的一部引擎發生故障，不過不要擔心，這部飛機共有四個引擎，可以靠其他三部引擎安全飛行。」學工程的學生馬上拿出紙、筆和電腦，算了一下，就說：「雖然我們可以安全飛行，但是抵達時間會延後一個小時。」話剛說完，駕駛員就用麥克風宣布，飛機抵達時間會延誤一個小時。旁邊的乘客都覺得這位學工程的學生很有學問。

過了一下，駕駛員又宣布：「飛機第二個引擎發生故障。」這個學工程的學生算了一下馬上說：「我們抵達的時間要延誤兩個小時了。」話剛說完，駕駛員接著宣布：「飛機抵達時間會延誤兩個小時。」旁邊的乘客都十分佩服，對工程一竅不通的書呆子，更是又羨慕又嫉妒。

又過了一陣子，駕駛員又宣布：「飛機第三個引擎又發生故障了。」學工程的學生算了一下，馬上提出他演算的結果：「飛機抵達的時間要延誤四個小時。」那位對工程一竅不通的書呆子，實在忍不住了，覺得他也得炫耀一下他的學問和能力，馬上接口說：「是呀，幸好第四個引擎還在運轉，否則我們抵達的時間恐怕得延誤六到八個小時了。」假如你沒有馬上聽懂這個笑話，不要忘記這部飛機一共只有四個引擎。

第十四堂課　你是有教育、又有教養的人嗎？

劉炯朗

一個有教養的人，會替別人的成功高興；一個有教育的人，以別人的成功作爲自己追求成功的榜樣。

一個有教養的人會說：「文章本天成，妙手偶得之」；一個有教育的人會說：「我站在知識巨人的肩膀上，所以我能夠看得更遠」。

二〇〇四年總統選舉時，在一場候選人的辯論會上，黃崑巖教授向兩位候選人請教：「什麼是教養？」後來黃崑巖教授也寫了一本書，書名是《談教養》。什麼是教養呢？在書的開始，黃教授說，教養沒有清晰的輪廓與外貌，更不容易用三言兩語來描述，但是他引用了一位十九世紀的英國名詩人 Christina Rosetti 的詩，用「風」來譬喻教養：

Who has seen the wind?
Neither I nor you：
But when the leaves hang trembling,

The wind is passing through!

這首詩可以直接翻譯成：

你跟我都沒有見過風，

但是當葉兒在樹上哆嗦的時候，

風正和我們擦身而過。

其實在《論語》《顏淵》篇裡，有一個幾乎一樣的描述：

君子之德風，

小人之德草；

草上之風必偃。

那就是說君子的風範、氣度和品格，雖然看不見、摸不著，但是有很大的影響力。

談到「教養」二字，許多人會問：「教養是不是等於教育？一個有教養的人，是不是等於一個有良好教育的人？」在我的心目中，如果用廣泛的定義來看，教養和教育的確是一和二及二和一，是一體的兩面，沒有辦法、也沒有必要劃分清楚，要培養有教養、也有良好教育的下一代，就像要吃水果、也要吃蔬菜一樣。

教育並不是狹義的指大學畢業的文憑或是鍍過金的博士學位，學位是一個人曾經受過教育的證據，讓其有機會成爲一個有良好教育的人。許多有學位的人，都可說是有良好教育的人，但是也有一些只有學位，卻表現出好似沒有教育的人，更重要的是有許多並沒有唸過大學，也沒有學位，卻能表現出像一個有良好的教育的人。用英文來表達，一個有教育的人是一個educated person，他的教育經驗，可以來自學校、社會、家庭及自己的進修。

教養其實並不是狹義的指良好的家世和家庭環境。用英文來表達，教養並不是狹義的指good

upbringing（通常是指生長在一個富裕舒適優良的家庭環境裡）。良好的家庭環境對一個人的教養是有很大的影響，有許多出身很好的人也都是很有教養的人，但是，也有許多生長在貧困、匱乏環境裡的人，靠自己的琢磨成爲有教養、甚至非常有教養的人。

到底什麼是教養？什麼是教育？教養和教育又有什麼不同呢？當教養這一陣風吹過，或是當教育這一陣風吹過的時候，它們留下來的痕跡是什麼樣子呢？我稍微刻意地把教養和教育分開來，把它們不同的痕跡描述出來。

一個有教養的人，是一個誠實的人，他不會爲自己的私利，矇蔽欺騙別人，也不會用謊言掩飾自己的錯誤；一個有教育的人，是一個崇尚真理的人，他的教育經驗告訴他，必須追求真理、維護真理，真理不能夠被扭曲、不能夠被蔑視。

一個有教養的人，是一個有公德心的人，他不會爲自己的方便，影響到大家共同的利益；一個有教育的人，是一個守法的人，他知道法律是大家共同生活的規範，每個人都必須按照這個規範來過共同的生活。

一個有教養的人，是一個有幽默感的人，他能以輕鬆舒適、泰然的心情面對紛爭和對立；一個有教育的人，是一個有正義感的人，他能夠用理智來化解紛爭和對立。

一個有教養的人，會小心、耐心、聆聽別人講的話；一個有教育的人，能夠很清晰闡述他的理念，說服別人。

一個有教養的人，是聽了別人的笑話會開心微笑的人；一個有教育的人，是會說笑話的人。

一個有教養的人，懂得怎樣婉轉地表示他的意見；一個有教育的人，能夠勇敢、率直的表達他的意見。

一個有教養的人，懂得怎樣適應周圍的環境，從衣著到談吐，都知道怎麼樣得體地表達他自己；一個有教育的人，能夠了解他周圍的環境，從而改造他周圍的環境。

一個有教養的人，會替別人的成功高興；一個有教育的人，以別人的成功作爲自己追求成功的榜樣。

一個有教養的人會說：「文章本天成，妙手偶得之」；一個有教育的人會說：「我站在知識巨人的肩膀上，所以我能夠看得更遠」。

和一個有教養的人對談，好像讀一首小詩；和一個有教育的人對談，好像讀一篇遊記。

●●●

我們在前面談到什麼是教養？什麼是教育？其實，這是兩個重疊的觀念，教養和教育是分不開也不必分開的，我們前面也講過，我們要培養有教養、也有教育的下一代，那麼你可能會問：「我們怎麼樣培養有教養、又有有教育的下一代呢？」我覺得，唯一的辦法，也是最有效的辦法，就是培養他們讀書的興趣。

書不怕讀得雜，但書要讀得多。書讀得多學問自然會增長，氣質也會潛移默化，古人說：「讀書破萬卷，下筆如有神」，那就是有了學問；又說：「三日不讀書，言語無味，面目可憎」，那就是氣質的變化了。

那麼，到底我們要讀什麼書呢？

英國哲學家培根曾經說過：

Study of Poets makes a man witty.

讀詩詞讓一個人變得風趣。

Study of Philosophy makes a man deep.

學哲學增加一個人的深度。

Study of logic and rhetoric makes a man able to contend.

學邏輯和修辭讓一個人變得能言善道，辯才無礙。

Study of Mathematics makes a man precise..

學數學讓一個人變得縝密和精準。

Study of Morality makes a man grave.

鑽研道德讓一個人變得嚴肅。

Study of History makes a man wise.

讀歷史增加一個人的智慧。

不論是詩詞也好，哲學也好，數學也好，歷史也好，在教育的層次，那是學問的累積；在教養的層次，那是整體影響我們的思想和決定、做人和做事的方法、工作和休閒的每一個面向，不是限於數學的一個公式或者歷史一件大事發生的年份而已。

有一個笑話說：「有一位小學生爲了準備歷史考試，埋頭苦讀，非常辛苦，他跟媽媽說：『如果我早生幾百年，那我就可以少讀幾本歷史書，就不會像現在讀得那麼辛苦了。』媽媽說：『但是那樣，你也少了幾百年的智慧了。』」

生命如百花多樣

曾志朗

離島孤靈，
卻是心智精華之所在！

記得《雨人》（Rain Man）那部電影嗎？達斯汀．霍夫曼（Dustin Hoffman）簡直演活了那位患有高功能自閉症的中年人。比起帥哥湯姆．克魯斯（Tom Cruise）的手足無措，「雨人」的羞怯以及害怕社會關懷的逃避眼神，眞是讓人痛心。但劇中最令人印象深刻的是，這一位在制式的學校裡一定會因行為舉止表現得笨拙而常被譏笑的「低能兒」，竟然會對一盒被打翻而散落一地的牙籤，一眼就「看」出一共有一九八根，而且經過查證後，準確無疑。雨人的驚人表現，並非特例，世界各地的研究者都有類似的報告，而且在歷史上也有很多文獻的記載，除了數字之外，有些自閉症的小孩，對顏色的區辨、對某些特殊問題的運算（如對任一數字的開二次方或三次方，如一三二七年的八月六日是星期幾）和記憶能力，都有「天才」似的表現。如果以往把人類的智慧看成是整合性表現的說法是對的，則被視為「白痴」的「天才」的一再出現，就必須有新的解說了。

三年前，我還在教育部服務，有一次到台灣東部一所國中考察，看到了特殊教育班的一位女學生，她的臉形與我十幾年前在美國加州沙克生物研究院所從事研究的一群大「小孩」（十二至十九歲的青少年卻只有六歲大的心智年齡）非常相似。我問她的老師一些相關問題，如畫圖、寫字、閱讀、說話以及生理現象等。我很快就知道，她是我在台灣發現的第一個威廉氏症候群（William syndrome）的小孩。我再問特教班的老師們有沒有聽過威廉氏症候群的心智障礙型態，在場的老師沒有一個聽說也沒有一個讀過。那麼很顯然的，這群充滿愛心與熱情的老師對這位「威氏兒童」，可能會「帶」好她，但卻不能「教」好她，因爲他們對威氏兒童的認知型態並不理解！

其實對威氏兒童的科學研究也不過是近十幾年的事。那時候，我在加州大學心理系教書，有一部分的研究是在聖地牙哥的沙克生物研究院進行，當時我的老闆是貝露姬（Ursula Bellugi）博士，我們研究的重點是聾啞人的自然手語和腦神經的關聯，但在某一個機緣之下，我們發現了威氏兒童非常奇妙的認知特性。

一般說來，他們在傳統智力測驗上的成績，是被歸於心智障礙類，但是他們說話流利，應答也快，所以通常又不被安排在特教班中。以往，他們沒有引起太多注意，主要是他們出生後體型就很小、發育不良，而且從小就有心臟病的症狀，在醫療技術不臻完善的時代，他們很多人在進小學之前就不幸過世了。如今醫技進步，他們的死亡率大降，進入學校的人就越來越多，但他們學業跟不上，空間能力很差，移動時的平衡不好，方位的判定與記憶常出錯，日常生活必須有人時時照顧，也就變成家庭和學校的負擔了。

在一九八〇年代，我們開始注意到威氏兒童對聲音（包括語音與音樂）特別敏感的特質。有一次，實驗室來了七、八個威氏兒童，正準備接受美國哥倫比亞廣播公司（CBS）《六十分鐘》節目主持人華萊士（Mike Wallace）的採訪，他們吱吱喳喳說個不停，而且問東問西，好奇得不得了。終於，華萊士忍不住說：「我們這次不是要來訪問一群智障的小孩嗎？他們來了沒有？」我們這些研究者笑著說：「他們都是你今天要訪問的對象啊！」華萊士看著這群不同種族、不同樣子，但臉形都像極了卡通片裡藍色小精靈的孩子，納悶的說：「不會是他們吧？他們話講得多好呀！」

正式錄影時，我們現場讓這些小孩畫腳踏車，他們很興奮的一邊唸車子的各部件名稱，一邊就畫起來，結果呢？車樣都變形了，根本不像一輛腳踏車。我們也要這些小孩描繪一個由小字母m組成的大D字母，結果他們只畫出局部的m、m、m，卻看不到整體的大D。如果把這個結果和唐氏症小孩所畫的圖作比較，則形成一個在學理上非常有趣的對照：唐氏症小孩只會畫出大D，卻看不到局部的小m。這兩群兒童都在智力測驗上被劃歸爲智障，但很明顯的，他們對空間的知覺與圖形的畫作，卻遵照著完全相反的機制在運作。對局部的專注和對整體的忽視，是威氏兒童的標誌，近年來更發現是和第七號染色體的缺失有關！

《六十分鐘》的採訪是現場直播，我們很擔心出狀況，因爲要這些小孩作彩排及預錄是不可能的。主持人華萊士的現場經驗豐富，所以一切進行得很順利，但在無預警的情況下，忽然間這些小孩都跑到窗邊一起看向窗外的天空，而且唸唸有詞，很調皮的重複著「e-le-kep-te,e-lekep-te」。現場一下子失控，我們趕快到窗邊把他們拉回來，也抬頭看看窗外，什麼也沒有！不知道他們在看些什麼？好不容易都回到沙發椅上坐好，華萊士也預備再問一些問題，距離剛才中斷的時間已經十分鐘，其中一位小女孩忽然又冒出一句話：「See, I told you, Helicopter!」說時遲那時快，眞的有一架直升機就從窗外的天空飛過！

威氏兒童對聲音的敏感度，讓我想起了「雨人」對眞空吸塵器的聲音非常害怕，也讓我想起了自閉症的盲人音樂家東尼．狄波亞（Tony Deblois），四年前我邀他來台灣表演，他聽了幾次〈情人的眼淚〉的音樂，就在鋼琴旁自彈自唱"Tears"。去年我打電話給他，他一聽到我的聲音，就認出我是誰，在電話裡向我大唱"Tears"！這些特殊的能力，豈是傳統的智力測驗所能測出的？

和威氏兒童在一起，令人愉悅快樂，因爲他們天性樂觀，喜歡別人的關注，而且天眞無邪，但這並不表示他們不會掰，只要是以語言爲媒介的，他們就充滿了創意，也很愛現。例如，有一次，他們去動物園玩了一趟，回來後，我們要他們說說動物的故事，其中一位搶著說話，她興奮的告訴大家一個又一個故事，從對大象非常形象的描繪到大象的心情。但忽然間，她話鋒一轉，冒出了巧克力公主的故事。細讀這一串想像力十足的故事所用的句型與詞彙的安排，有人會認爲她是心智障礙的兒童嗎？

但她確實是，而且連最基本的把長短不一的棍子由短到長排列都不會。我們也檢視她的視知覺，發現她對線條的方向無法做正確的判斷，但要她先看過一個臉形，再從六個非常相似且角度不一的臉形當中，挑選出其中一個不同人的臉，她的成績比正常兒童又毫無遜色！對認知科學家來說，這些分離的能力確是令人不解：如果連最簡單的排列作業都不會，那他們哪來的能力去使用那非常複雜的語法呢？

雨人、威氏兒童，還有我那位又盲又自閉的朋友東尼，他們在茫然的腦海中所展現出的特殊才能，就像聳立在海上的孤島，島上的風光明媚，無懼於四周的波濤；也像是沙漠中的綠洲，對照著周遭寸草不生的黃沙。生命是如此多樣，人類的智慧更是由這些多元而獨立的認知模組整合而來。由此看來，我們在台灣的研究群，就是要在這些離島孤靈中，去闡述人類智慧精華之所在！

——《科學人雜誌》二〇〇四年第三十期八月號

寶可夢奇想生物學 節選

胡哲明

寶可夢的原始世界觀

寶可夢最早是在一九九六年由日本任天堂公司在Game Boy平台上發行的一款遊戲，在該公司大力推動下，不管是電玩遊戲本身，還是衍生出的動漫、系列電影以及周邊商品等，一直深受大眾喜愛，並翻譯成多國語言，風行於全球數十個國家，是許多人的童年共同記憶。

寶可夢故事的構思源起，和作品創始人田尻智的童年生活有很大的關係。田尻智小時候常常到處搜集昆蟲，也會和朋友們交換不同的物種，長大後他在城市工作，總希望都市的小朋友也能享有這類樂趣，因而著手開發寶可夢。最初遊戲所設定的四大要素：「蒐集」、「育成」、「對戰」、「交換」，也漸漸成爲往後一些系列作品的主軸，玩家可以在遊戲或動畫世界裡蒐集各種寶可夢，並加以培育。二○一六年推出的手機遊戲Pokémon GO更是風靡全球，在各地形成千人追寶的社會奇景。

從第一代到第八代，寶可夢的種類已超過八百種，分別存在於不同的世界。這些寶可夢大多發想自地球上的生物，包括動物、植物、真菌等，例如「古空棘魚」發想自腔棘魚、「烏波」發想自墨西哥鈍口螈。但同時也有一些憑空想像出的生物，例如岩石類型、磁鐵類型，或者是具有「神性」的寶可夢；神性寶可夢的能力超越了我們一般對生物的認知，例如第四代出現造物主「阿爾宙斯」，也首次出現能控制時間的「帝牙盧卡」和能控制空間的「帕路奇亞」，接著出現和思想意識相關的「亞克諾姆」

（代表意志）、「由克希」（代表知識）以及「艾姆利多」（代表情感）等具有神性的角色。此外，目前也有超過二十種「化石寶可夢」，其中許多發想自地球上已知的化石生物，包括類似奇蝦的「太古羽蟲」、類似菊石的「菊石獸」等。

綜觀寶可夢世界的這些基本設定，我們其實可以把此故事的宇宙觀視爲一種類似神導創造論或演化創造論（theistic evolutionism）的說法：雖然有演化的事實，但是所有物種皆起始於單一「造物主」。

寶可夢的多樣性和分類大抵參照地球上的生物，不過在數量比例上有很大的差距。以前五代寶可夢爲例，我針對三百四十種寶可夢進行統計分析（參見八十二頁圖），有一百八十五種寶可夢歸類爲脊索動物，其中哺乳動物佔了一百零四種，其次爲爬行動物，共有二十九種。相對而言，真菌類寶可夢僅有兩種，植物類也只有十六種。明顯地，哺乳動物的比例高於其他生物，這個情形某種程度上反映了真實世界中大多數人對生物的了解通常始於大型動物，或是和人類生活關係密切的貓、狗、囓齒類、鳥類等。

有趣的是，寶可夢的基本分類架構和一七三五年瑞典學者林奈的著作《自然系統》（Systema Naturae）中的三大分界：動物界、植物界、礦物界，相當雷同。這本書是生物學名二名法的起點，書中列出動物界的六個綱：哺乳、鳥、兩生、魚、昆蟲、蠕蟲，幾乎都可以在寶可夢世界中找到相對應的分類群。換言之，寶可夢的多樣性和分類或多或少反映了人類對自然界生物最初的認知，其知識體系建構的脈絡有跡可循。

寶可夢「演化」vs.生物學「演化」

由於寶可夢時常可在地球生物中找到對應，許多生物學上的性質或現象也會出現在故事裡，有些具有明顯的背景設定，有些則隱藏在角色本身的設計之中。

在寶可夢故事和遊戲中不斷出現「演化」或「進化」的設計，是寶可夢發展歷程上很重要的一環，但也容易造成知識的混淆。這個設計讓寶可夢的形態有更複雜的變化，同時強化了寶可夢與生俱來的能力，甚至賦予其新技能。然而這和我們所認知的生物演化（evolution）意涵並不同，絕不能混為一談。舉例來說，由「綠毛蟲」變為「鐵甲蛹」、再變成「巴大蝶」的過程，不能類比為演化，而應和昆蟲生活史中的變態（metamorphosis）相對應。同樣地，從「妙蛙種子」、「妙蛙草」到「妙蛙花」的改變也不是演化，而更像是老化（aging）的過程。由此可見，寶可夢的「演化」其實更近似於個體發育的過程。

另一方面，生物學的演化法則包含了三個要素。第一是個體間的變異，其次是此變異可以遺傳給下一代，再來是這些變異可能會因個體適應力不同而在族群中被天擇選汰。這三個要素構成了演化天擇理論的基本架構，也解釋了生物種化和滅絕背後的機制。在寶可夢動畫或遊戲中，雖然沒有明確說明這三個要素的作用和影響，但仍可在許多角色的設定上，推敲出田尻智的設計概念。舉例來說，「晃晃斑」和「彩粉蝶」這兩種寶可夢都存在明顯的個體變異；根據任天堂公司的資料，每隻晃晃斑身上的斑點都不一樣，而彩粉蝶則根據所在地區的不同，翅膀斑紋和顏色也有所變化。此外，出現於寶可夢世界神奧（Sinnoh）地區的「海牛獸」，在東部和西部海域呈現不同形態，東部個體為藍色和綠色，西部個體則為粉紅色和褐色，兩者的分佈範圍以山脈區隔，但彼此仍能夠互相交配，因此可以類比成生物異域種化的初期現象。

關於寶可夢的實際遺傳模式，田尻智在遊戲和動畫中沒有著墨太多，但明顯套用一般生物的交配及生殖概念。特別的是，所有的寶可夢（除了傳說寶可夢）都由寶可夢蛋孵化而來，等同生物的卵生型式，且不同的寶可夢孵化時間也有所不同。新生的寶可夢和母親屬於同種寶可夢，因此「性狀的可遺傳性」理應存在於寶可夢世界，只是形式也許比較接近雌性基因優勢的遺傳，甚或是行孤雌生殖（有些寶可夢只有單一性別）。

演化的最後一項要件：族群中個體變異的天擇，即所謂存強汰弱、適者生存，在寶可夢遊戲中更是再明白不過。每一隻寶可夢都有屬性能力的數值，即使是同一種類，這些數值也隨個體而異。在遊戲設定的對戰系統中，寶可夢彼此的能力強弱決定了對戰結果孰勝孰敗，這不正是天擇下的個體競爭現象嗎？

自然界的寶可夢招式

在寶可夢的世界中，許多寶可夢依其屬性各有特殊的技能，例如電擊、毒粉、火焰拳、水炮、冰凍光束。把這些技能與地球生物的生理現象相比，自然會感覺相當誇大，然而除了少部份難以對應的例子，例如「食夢夢」以夢爲食的特殊食性，或是「小海獅」、「水君」等施展「絕對零度」招式把對手凍死，大部份技能都算是其來有自，與地球上的生物有不少雷同之處，特別是會放電和射水炮的物種。

自然界中具有放電能力的生物，包括彼氏錐頜象鼻魚、電鰻、電鱝等，前兩者釋出的電力可達六百伏特，能把獵物暫時麻痺。而寶可夢中的「皮卡丘」、「電擊獸」、「麻麻鰻」在對戰時，能使出「十萬伏特」招式來電擊對手。乍看之下會覺得這樣的能力不可能存在於自然界，不過從電生理的角度來說倒也未必。每個發電細胞（electrocyte）放出的電力約爲八十五毫伏特，以皮卡丘臉頰上的電氣袋而言，直徑五公分的電氣袋大概可容納近四百萬個細胞，如果多個細胞同時放電，理論上一個電氣袋能夠產生三十四萬伏特的電力。換句話說，皮卡丘兩頰上的電氣袋只要有六分之一的發電細胞工作，就可以產生十萬伏特的電力。

水槍和水炮則是許多種水系寶可夢，例如「傑尼龜」、「小鋸鱷」、「蚊香蛙」具有的技能，它們會利用嘴巴噴出強力水柱攻擊對手，基本上這和自然界中射水魚（archerfish）攻擊獵物的方式十分相似。射水魚可以自水中準確射出強力水團攻擊水面上的昆蟲，這個動作除了必須考慮到水離開水面的折射角之外，義大利米蘭大學的科學家也發現射水魚利用複雜的流體力學，讓嘴巴射出的水團加速行進，最終以超過每秒四公尺的速度擊中獵物。此外，射水魚在射出水團時，較晚離開嘴巴的水初始速度會比先吐出的部份高，因此會在擊中獵物之前追上前面的水並合而爲一，不會因水流動的厚度和表面張力的不規則性而中斷並散成小水珠。以射水魚來說，這樣的射水功率甚至可以達到一般脊椎動物肌肉所能發揮的六倍強度。無怪乎水系寶可夢使出的招式之強勁，一點也不亞於其他類型的攻擊。

另外一個複雜的寶可夢招式是草系的屬性能力，草系寶可夢外觀多呈綠色，其中有許多種類可藉由「光合作用」這個招式來恢復生命力。在自然界中會行光合作用的生物包含了藍綠菌以及具有內共生胞器（葉綠體）的真核生物，即藻類和陸生植物；動物一般都被認爲不會行光合作用，但在寶可夢世界中，諸如「妙蛙種子」、「熱帶龍」、「菊草葉」等動物類寶可夢都具有光合作用能力，它們身上帶有植物的部份構造，看起來像是複合的生物體，所以真正行光合作用的部位也許是附在身上的那些植物構造，而不是寶可夢本身。

然而像「菊草葉」、「木守宮」、「斗笠菇」全身皮膚呈現綠色，又是如何行光合作用呢？這個問題也許可以在近年發現的綠葉海天牛（Elysia chlorotica）身上找到答案。綠葉海天牛分佈於美國東海岸，在九個月的生活史中，初期會取食濱海無隔藻（Vaucheria litorea），並奪取其葉綠體做爲己用，這些留在海天牛細胞間的葉綠體可以正常行光合作用，讓綠葉海天牛成爲活生生會走路的葉子。像菊草葉或木守宮這類動物的寶可夢，或許也可以利用類似的機制行光合作用。

——刊載於《科學人雜誌》第二一三期二〇一九年十一月號

守法重紀的機器人

葉李華

機器人學三大法則：

一、機器人不得傷害人類，或坐視人類受到傷害而袖手旁觀。
二、除非違背第一法則，機器人必須服從人類的命令。
三、在不違背第一法則及第二法則的情況下，機器人必須保護自己。

科幻大師艾西莫夫（Isaac Asimov, 1920-1992）一生的創作不計其數，但就規模之龐大、影響之深遠而言，「機器人系列」與「基地系列」無疑爲兩大傳世經典。「基地系列」在五月號「不朽的科幻史詩」一文已有詳細介紹，這次順理成章輪到機器人粉墨登場。

艾西莫夫曾說自己十幾歲便是個死忠的科幻迷，讀了許多以機器人爲題材的科幻小說。他發現這些故事可分爲兩大類，第一類是「威脅人類的機器人」，它們的內容千篇一律，看過幾篇就要倒胃口。第二類占極少數的則是「引人同情的機器人」，此類機器人相當可愛，殘酷無情的反而是奴役它們的人類，這些小可憐倒是令艾氏深深著迷。

因此之故，一九三九年六月十日（艾氏對這種「瑣事」一概保有巨細靡遺的記錄），著手第一篇機器人故事「小機」（Robbie）之際，艾西莫夫一心一意打算寫個引人同情的機器人。卻未料在創作過程中，發生了一件奇怪的事情：他竟然隱約看到另一種機器人的影子，它們既不威脅人類，也不可能引人同情。他開始將機器人想成由實事求是的工程師製造的工業產品，具有內建的安全機制，不會對主人構成威脅；又因爲是造來執行某項特定工作，所以它們跟同情更沾不上邊。

經過兩三年的醞釀與摸索，「機器人學三大法則」終於在一九四二年公諸於世，旋即成爲科幻界的金科玉律。不久之後，科幻作家筆下的機器人紛紛開始改頭換面；上述兩類窠臼正式走入歷史，服從三大法則的機器人成了新的典範。艾西莫夫十分得意，遂大言不慚地自封爲「現代機器人故事之父」（當然，這也是科幻界公認的事實）。

三大法則變幻無窮

其後四十餘年，艾氏以這三大法則爲經緯，寫成百餘萬字的「機器人系列」，包括《機器人全集》、《鋼穴》、《裸陽》、《曙光中的機器人》以及《機器人與帝國》。其中《全集》幾乎囊括艾氏所有的機器人中短篇，另外四冊則是十數至數十萬字的長篇小說。早年結集成書的《我，機器人》及《機器人餘集》中的故事，每一篇都能在《全集》中找到。

機器人短篇大多以「問題機器人」爲故事主軸。在作者虛構的未來世界中，雖有三大法則的嚴格規範，機器人卻仍然狀況頻傳，進而衍生許多匪夷所思的故事。難道說這代表嚴謹的三大法則還有漏洞？答案是肯定的。例如在第一法則中，「傷害」的定義就付諸闕如，亦未提到在不能兩全的情況下（救甲則傷乙，救乙則傷甲），機器人該如何抉擇。不過事實上，這其實是艾西莫夫故意放水，爲小說預留發揮的空間。他曾經驕傲地說：「從這三大法則的寥寥數十字中，我似乎總是能變出新花樣。」

在這麼多的中短篇故事裡，艾氏最鍾愛的角色無疑是「機器人心理學」權威蘇珊・凱文女士。一生未婚的蘇珊是個比機器人更像機器人的科學家，每當哪個機器人出了問題，大家束手無策之際，蘇珊便會親自出馬，解決各種疑難雜症，而故事也就此展開。

至於四冊長篇小說，則一律以推理科幻的形式呈現，並大量使用傳統偵探小說的公式。其中最有趣的一點，莫過於在「人機雜處」的未來世界中，機器人不但可以扮演偵探或兇手，甚至還會成為roboticide的受害者。

這四個故事互有關聯，由名叫丹尼爾・奧利瓦的人形機器人貫穿其間，另一位真人主角貝萊的戲份則逐漸遞減。成書於五〇年代的前兩冊，由於作者當時並未想到將「機器人系列」與「基地系列」置於同一虛擬宇宙，因此故事偏重對機器人化社會的描述。創作於八〇年代的兩個長篇，則著眼於聯繫「基地系列」的時空及文化背景。為了達到此一目的，作者又創造了吉斯卡這個角色——一個非人形機器人，由於製造過程中發生了意外，他因而擁有神祕的超感應能力。

在「四部曲」的結尾，奧利瓦終於悟出凌駕三大法則的「機器人學第零法則」（機器人不得傷害人類整體，或坐視人類整體受到傷害而袖手旁觀），並學到了吉斯卡獨有的精神感應力，從此成為全人類的守護者，主導了未來兩萬年的銀河歷史。

——原載《遠見雜誌》一九九八年十月號

論牛肉麵

焦桐

聽說女人害喜，會忽然鍾愛或厭惡某種食物；我不知害了什麼，近半年來，常流浪街頭，到處找牛肉麵吃。若有幸遭遇一碗美味的麵，真想爲它唱一夜的頌歌；如果不愼吃到難以下嚥的麵，則會沮喪好幾天。台灣人從前曾將牛肉懸爲一種禁忌，我從小就屢被告誡不准碰牛肉，牛肉麵究竟什麼時候在台灣普遍起來的？是隨國民政府到台灣的老兵所發揚的嗎？將牛肉加進麵裡是吃麵觀念的創舉，啟迪了台灣人的飲食習慣，開發味覺的探險領域，貢獻卓著。

我的牛肉麵啟蒙是高中時代，在高雄市鳳鳴廣播電台旁邊，每天夜裡會有一對姊妹把麵攤推到那裡，營業到深夜兩三點。她們和我的年齡相仿，好像還是學生身分，長得頗爲清秀，也許木訥，也許是疲倦，透露著憂鬱的形容。

彷彿是神祕的約會，每天深夜，我總是推開正在讀的書，穿越一條窄巷來到她們面前，鄭重地點一碗牛肉湯麵。尤其是冬夜，我低頭吃麵，總會升起莫名的疼惜情緒，她們的功課不重嗎？她們的生活困苦嗎？她們站了一夜累不累？寒風令人覺得旁邊的鳳鳴電台資本家般地巨大，麵攤又特別渺小，這對姊妹則像安徒生筆下賣火柴的小女孩。

那對姊妹的牛肉麵在我的記憶裡不斷散發動人的滋味，複雜得宛如汪曾祺筆下的「黃油烙餅」，帶著我回到遙遠的時空。我可能耽溺於這種儀式般的宵夜想像裡，才會對牛肉麵情有獨鍾。

牛肉麵美味與否取決於麵、牛肉、湯的組合，面對一碗面貌模糊的牛肉麵，就好像面對一個面目可憎的人，夏目漱石也說，「麵條缺乏韌性和人沒有腦筋，兩樣都叫我害怕」。

牛肉麵的作法是牛肉、麵分開煮熟再合而爲一，殊途同歸，除了烹飪方便，也計較口感和外觀。麵條煮熟後置入碗中，撒上蔥花，加進牛肉和湯汁即可。重點是那一鍋牛肉湯。我吃牛肉麵以來，還是偏愛紅燒和乾拌，我作紅燒牛肉湯的辦法是：

1. 牛肉、牛骨先氽燙過，放入深鍋裡，加進適量蔥段、薑片、陳皮、酒、滷包、水（淹過牛肉）煮一小時。
2. 撈棄蔥、薑、陳皮，取出牛肉切塊。牛肉湯留置備用。
3. 蘿蔔切塊，另鍋煮熟備用。
4. 油鍋熱時，爆香薑、蒜、辣椒，加入辣豆瓣、牛肉塊翻炒，再淋上酒、醬油，和冰糖、花椒粉。
5. 加進蘿蔔、牛肉湯，以文火慢燉。蔥花切妥備用。

牛肉麵口感強勁濃厚，總是予我豪邁爽快之感，豪邁爽快是風格，滋味美好細緻卻也是任何食物的基本條件。金華街的「廖家」牛肉麵頗能表現豪邁中的細緻。我多次不自覺地走進廖家大啖，只覺得好吃，卻不明白其中原故，後來想通了——香，是那一碗麵裡的牛肉香。一碗牛肉麵如果缺乏香味，給我吃一整條牛也不情願。

廖家高明之處在於麵條並非口感較具嚼勁的刀削麵或家常麵，而是普通的陽春麵條；並且只賣清燉牛肉麵，麵上覆著燙空心菜或菠菜，老實講，他們切的牛肉塊形狀俗得有點滑稽，可那麵湯有一種誘人的肉香——不是藥膳之香，濃郁而不油膩，滲透到記憶裡，溢上精神的層次。廖家廁身金華街一排低矮而略顯雜亂的平房中，很不起眼的外表，飄散出牛肉香，成爲金華街最動人的風景。

愛吃清燉牛肉麵，不能不試試回民的絕活。台灣有不少「清真牛肉麵」館，經驗中，敢高懸這塊招牌，大抵有一定水平。清真牛肉麵之所以迷人，是麵湯清淡而滋味鮮美，正統作法是由牛骨湯、羊肝湯、雞湯對成，一鮮變三鮮。不知「清真牛肉麵」是否源自「金城牛肉麵」？金城乃蘭州舊名，蘭州市到處是金城牛肉麵館，超過兩百家，馳名天下，是蘭州飲食「四絕」之一。金城牛肉麵的始祖是清朝同治年間蘭州回民馬保子，年輕時挑擔賣涼麵爲生，經過潛心研究湯頭，並改刀切麵爲手拉麵，乃成爲一代宗師。目前台灣國定假日頗多可議之處，不妨刪掉一些乏味的政治人物紀念日，考據馬保子的誕辰爲「牛肉麵節」。

一碗高尚的牛肉麵簡直就像一種祈禱，它不僅贊美我們凡人的舌頭，也彰顯廚師的認真、誠懇，和專業精神。一碗麵的表現除了煮麵者的手藝，也牽涉吃麵者的品味。懂得吃的人會指揮廚藝來配合食性，陸文夫的中篇小說《美食家》裡的朱自治好吃成精，每天清晨醒來閃現第一個念頭是「快到朱鴻興吃頭湯麵！」

所謂「頭湯麵」指店家一天不管煮多少麵，還是那一鍋湯，煮到後來麵湯就糊了，麵就不那麼清爽、滑溜，甚至帶著一股麵湯氣，朱自治如果吃了一碗有麵湯氣的麵，整天都精神不振，所以吃的藝術「必須牢牢地把握住時空關係」。麵店的跑堂碰到這種饕餮之徒，在向廚房喊話前會稍許停頓，等待吩咐吃法，「硬麵、爛麵，寬湯、緊湯，重青（蒜葉）、免青，重油（多放點油）……」可見一碗麵光是吃法就眼花撩亂。

其實時空關係不是那麼簡單。吃牛肉麵既是生活的一部分，就不能忽略其美感經驗，美感經驗通常不是絕對的，毋寧是一種相對關係，例如用餐情境。

前幾天，向陽到東華大學演講，廖輝英和我剛好到慈濟醫學院演講，講完後一群人相約在美侖飯店聚會，聽盲歌手蕭煌奇唱歌。美侖飯店的牛肉麵一碗一百八十元，裡面放了大量的大蒜末和並無辣味的紅辣椒，牛肉塊很鹹，不知在醬油裡泡了多久？然則我甚至不覺得它難吃，因爲它有愉悅的用餐情境。我指的用餐情境並非硬體設備，並非五星級飯店固有的舒適、寬敞桌椅，服務和音樂；那天深夜，重逢了幾個老友，也結識了幾個新友，朋友們的談笑聲、蕭煌奇和丘秀芷的歌聲，感染用餐情境，成就了那一碗牛肉麵的滋味。

任何美味都要和售價一起衡量，昂貴的料理，好吃是基本責任，不必太溢美；難吃則是店家不要臉，理應譴責。價廉物美的料理才值得我們歌頌，雖然貴的不見得比較可口。我不會把「來來飯店」的牛肉麵和八德路的「李家汕頭」牛肉麵一起評價，不會拿「凱悅飯店」的牛肉麵跟南機場公寓的「秀昌」餃子館的牛肉麵一起打分數，「牛爸爸」自然也不能跟「穆記」相提並論，他們統統站在不同的基準點上。一碗售價超過新台幣三百元的牛肉麵，如果吃下肚不能升起一種幸福感，何必吃它？

一般美食家除了有閒、有品味、隨時保持飢餓狀態，最要緊的是有錢；愛吃牛肉麵則不必。「東南亞戲院」斜對面巷子裡有一家「一番」牛肉麵，紅燒牛肉麵每碗五十元，小菜每盤十元。這家店模仿速食餐廳的自助式作風——沒有服務員，自己取盤點餐端麵，吃完了自己收拾離去，節省下來的人工反映在售價上，這恐怕是台北最便宜的牛肉麵，便宜卻相當可口，表現出店家的專業執著。這家牛肉麵距台大很近，值得台大人感到驕傲。「一番」總是播放震耳欲聾的熱門歌曲，令坐在裡面吃麵的人越吃越快，那高分貝的「音樂」在鬧區中彷彿是在招徠顧客的吆喝聲，彷彿也暗示某種活力和青春，裝飾了很不起眼的門面。

在諸多料理中，牛肉麵尤其不講究門面，它總是帶著那麼點非正式的況味。新生南路上的「廣東汕頭」沙茶牛肉麵外表寒傖，攤販般，幾張破舊的桌椅，隨便用一塊帆布搭起賣場，兩個老榮民特製的沙茶牛肉乾麵，再淋上泡醋辣椒末，那滋味恐怕召喚了不少台大學生的鄉愁。我認得一個事業有成的台大畢業生，每逢假日常會偕妻帶子，開車回來吃一碗沙茶牛肉麵。

有些館子門面很唬人，路過的人看見貼在櫥窗上的各種招牌菜式、宣傳標語，不免以爲他們的廚藝了得。有一天中午我真的就走進寧波東街一家麵食館，面對繁複的菜單，小心請侍者推荐貴店的招牌菜。「每一種都很招牌！」她略顯不耐。

來不及逃了。憑我的嗅覺，這又是一家很不專業的店，我甚至來不及考慮如何減輕消化系統受虐程度，她已咄咄逼問，「你到底要吃什麼？」

「牛肉麵。」我慌張中作出一項保守的決定，是相信刀削麵有一定的口感，了不起我多放點辣椒掩蓋湯頭就是。

那碗清燉牛肉麵放了過量的豬油和味精，湯混濁得像滲了燙麵的開水，麵條中糾纏著煮爛了的小白菜，和剛剛灑進去的蔥花。那碗麵，果然充滿了麵湯氣，吃一口就萬念俱灰。

有一次和逯耀東教授吃飯時討論木柵一家餐廳，店東原來在深坑賣豆腐，聲譽日隆後移到木新路擴大營業，什麼都賣，什麼都貴；但除了原來的炸豆腐可口，什麼都不值得嚐，這餐廳被逯耀東批評爲「丫鬟扮小姐」，丫鬟的身份，偏偏擺出小姐的身段。

丫鬟其實有自己的魅力，不需要虛張聲勢；何況丫鬟並非不能變小姐，通過一定的努力和機運，不難出人頭地。即便只是一碗牛肉麵，也要使出獅子搏象的精神，從煨燉、煮麵到服務態度，絲毫馬虎不得。我最後一次上桃源街的牛肉麵館，是侍者將牛肉麵丟在桌上時，手指才離開麵湯。

牛肉麵吃多了，稍微失察，不免覺得大同小異，有時踟躕街頭，忽然升起一種孤獨感，喟歎覓一碗可口的牛肉麵竟如此難得，心灰意冷，頗有獨孤求敗的蒼涼感。坊間新近出版一本牛肉麵評鑑，我買了一本，按圖索麵，到處尋找還沒吃過的店，試驗了幾家，決定不如繼續流浪街頭，自己一家一家地碰運氣。

有一個雨夜，我帶著這本評鑑走進一家店，才吃第一口就覺得太甜、太鹹、太油膩，勉強吃到三分之一碗，覺得非常噁心，一直想嘔吐，胸中升起一股被侮辱的委屈。余吃牛肉麵，積二十餘年，味覺和腸胃都不曾如此這般被糟蹋。那碗牛筋麵不但完全沒有香味，任何可能會傷害食慾的味道大約都集中在一起了，那碗麵，我肯定即使一頭飢餓的野獸，也會加以拒絕的。連續好幾天，我都覺得精神萎靡，彷彿病著了，這種感覺依稀隱約，並不十分清楚，我一直在想那碗麵加諸於身心的，究竟是什麼傷害？後來明白了，是被強暴的痛楚。這是兩個月前的事，我真希望自己只是作了一場惡夢，並未真的吃過它。

口碑永遠比宣傳接近真實。一天早晨，我在台北市版上讀到一則篇幅甚大的新聞，強力推薦泰順街一家牛肉麵館，我盼到中午營業，發現這家麵館的牛肉連新鮮都還談不上，唯一的美德是賣麵的妹妹長得相當甜美。我猜想這名記者公器私用有其苦衷，可能是他迷戀賣麵的妹妹，秀色可餐，又沒有別的手段可表示，只好用媒體宣傳奉承她，害得我老遠白跑一趟。

牛肉麵有強烈的地緣性格，召喚附近居民的食慾。頗有台灣人會慕名飛到香港吃大閘蟹，卻鮮有人會千里趕去吃一碗牛肉麵。我每星期四去明目書社買書，習慣就近去吃一碗「廣東汕頭」沙茶牛肉麵或「興利小吃店」的清燙牛肉河粉，這兩家麵館連接了我的閱讀經驗。

中壢市的「新明」牛肉麵應該凝聚了不少中壢人的記憶和在地情感。起初，常聽三叔吹噓，好像一碗新明牛肉麵的滋味，猶勝過新屋的「信宏鵝肉」。有一次我專程尋址問路，在市場邊找到這家麵館，覺得只是比普通的牛肉麵略強，口味甚重，牛肉給得很大方，不知是否牛肉太鹹，使得肉香盡失；不過麵條燙得很高明，由於顧客多，爲增加效率，麵條均預先燙好備用，難得的是久放仍彈性充足。

無論視覺或味覺，蔥花之於牛肉麵委實重要，杭州南路巷子裡的「老張擔擔麵」可惜不加蔥花，使得碗下加碟的體貼徒具形式。「新明」牛肉麵除了麵條好吃，每桌都備大碗蔥花供人自取，體貼嗜食蔥花的客人，這才是真正的體貼。雖然這樣的水平自然還不值得我專程從台北開車去吃一碗，卻值得名列當地土產，如果我家住中壢，應該會常走進去。

念大學時，我最常去的餐館是「老高」牛肉麵，老高的刀削麵連接了許多華岡人的感情，特別是嚴寒的冬天，在風雨中走進店裡，那口大鼎鑊裡的牛肉湯似乎能立刻溫暖腸胃和心情，我記得當年和女朋友排隊聊天，等老高從大鼎裡掐出牛肉。多年不曾上山，那鼎鑊在我的記憶裡越來越香，似乎也越來越巨大，快要長得跟半個房間一樣大了。

相對於其它食物，牛肉麵還帶點野性。而且吃一碗牛肉麵的時間很短，短到不需要高貴的裝潢，不需要背景音樂，不需要侍者多餘的服務，不需要柔和優雅的情調或氣氛；只需要乾淨、衛生、明亮即可，四周最好還帶著鼎沸的人聲，和唏哩呼嚕的吃麵聲，喝湯聲。不過，吃麵很需要一件圍兜。

我每次吃牛肉麵，很遺憾，總會弄髒上衣。麵總是滑溜滑溜的，不免要從兩隻筷子間滑落，濺起湯汁，尤其是白襯衫，油污清楚。那窘狀彷彿走在台北的紅磚道上，冷不防會有污水從磚縫中濺上褲管。穿白襯衫是一種需要，吃麵也是一種需要，兩種需要應該取得和諧。細心的麵館老闆，應該多體貼客人，麵端上來之前，不妨先發一條圍兜防身。

一碗牛肉麵的屬性宛如一段旋律，我漸漸相信，天下美食都力求臻於音樂的境界，通過身體的味覺和消化系統，使精神達到幸福的狀態，一碗高尚的牛肉麵常有著欲言又止的表情，某些難忘的地點，某些晨昏，某些掌故，某個人。

多年前，我開車在花蓮到台東的海岸公路上旅行，左邊是藍得令人驚慌的太平洋，右邊是忽然拔高的海岸山脈，和雲端的中央山脈群峰。接近台東的路上，開始出現「台灣牛黃牛肉麵」的廣告看板，提醒過路人進去歇歇腳。這家店窗明几淨，老闆在牆上懸掛著好幾張女兒的大學畢業照，放大裱框，我記得好像有三個女兒，都亭亭玉立，老闆一定很疼愛他的女兒，並爲她們的優秀感到驕傲。我懷念那段旅行，在山海之間吃牛肉麵，那碗「台灣牛」除了以壯麗秀美的山水作爲吃麵情境，烘托客觀的香味，還摻進了親情的熱度，使那碗麵如一首美好的抒情歌，令食客感動。啊，真好吃。

春分

韓良露

節氣4　春分　陽曆三月二十日至三月二十二日交節

春分節氣文化

春分是一年之中第四個節氣，始於陽曆的三月二十日至三月二十二日之間（二〇一五年爲三月二十一日），此時位於地球繞著太陽公轉的黃道三百六十度（或黃道零度，也是黃道牡羊星座之始）。

春分時太陽直射在赤道上方，和秋分一樣都是南北地球日夜等長的一天。過了這一天之後，陽光直射的位置就逐日向北移動，北半球就進入白天長黑夜短的時日，直到夏至那一天是北半球白晝最長黑夜最短的日子，之後太陽直射的位置從北緯二十三・五度北至點折返向南移動，如此鐘擺般移動再到秋分與冬至再折返北，這就形成了季節的推移與四季的變化。

春分也叫春半，意思是從立春至今，春天剛好走了四十五日，正好是春季九十日的一半。但在西洋人的曆法中，春分卻代表春天的開始與冬季的結束。中國認爲春分以前，地球的子宮早就孕育了春天的胎兒四十五日了，直到春分，地球母親才把春天的嬰兒誕生出來。

在《月令七十二候集解》中，春分節氣的三候現象分別是「元鳥至，雷乃發聲，始電」，意思是春分時燕子便從南方飛來，下雨時天空出現轟雷聲但不見閃電蹤影，直到開始見到閃電爲止。

自古以來，春分一直是農事的大日子，農諺有云：「春分前好種豆、春分後好種田」、「春分種菜、大暑摘瓜」、「春分種麻種豆、秋分種麥種蒜」……。春分是田間種植的開始，中國聰明的農人，爲了增加土地的肥沃，往往先種植會讓土地增加氮肥的豆類。豆類是春季最佳植物性蛋白質的來源，不只對春天需要清潔血液的人類身體有益，也一舉兩得地豐富了土地的養分，這正是自然農法的傳統智慧，但如今有種豆智慧的台灣人，已不種黃豆了，反而向美國購買基因改造的黃豆，真是賠了夫人又折兵。

春分亦是中國古代重要的天子祭典活動，立春在東城門八里郊外迎春神的天子，在春分時會率文武百官於城之中土辦春社大祭。中國從周代開始，春社大祭是天子最重要的祭祀活動，在此日天子會用五色土和五穀向社神（土地神）祭拜。

春分是大日子，當然少不了詩人詞人歌詠之，宋代詞人朱淑真在〈春半〉寫道：

> 春已半，觸目此情無限。十二闌杆閒倚遍，愁來天不管。
> 好是風和日暖，輸與鶯鶯燕燕。滿院落花簾不捲，斷腸芳草遠。

西洋詩人在春分時還在歌詠春天的降臨，中國詞人竟然已對春天過了一半傷感起來。雖然春花仍盛開，詞人卻先看到了春天結束時的斷腸花草，真是先天下之憂而憂。而「愁來天不管」這句話說得真妙，也自嘲人間情事關天底事。

歐陽修也寫過一首有關春分的詞〈踏莎行〉：

雨霽風光，春分天氣。千花百卉爭明媚。
畫梁新燕一雙雙，玉籠鸚鵡愁孤睡。
薜荔依牆，莓苔滿地。青樓幾處歌聲麗。
驀然舊事心上來，無言斂皺眉山翠。

春分時正是百花盛開，燕子從南方飛返，如此佳節，反而讓詩人用孤睡的鸚鵡來形容形單影隻者的孤寂難眠，以春分的熱鬧對襯內心的清冷。

春分節氣中的陰曆二月十五日（亦是月圓之夜，許多花會在夜間盛開），古代正是百花的生日，亦名「花朝節」。〈西湖遊覽志〉中記有「二月十五日為花朝，花朝月夕，世俗恆言。」

花朝節時，民間有張掛花神燈的習俗，在透明的油紙畫上百花的圖案，張結六角形如傘狀的花燈，在夜間各種花形光輝亮目，如同花神下凡，人們在燈下飲酒夜宴，作詩聽曲，一起歡度百花的生日。

大部分的春花，都在春分時盛開，過了春分後就相繼凋落，春分是花之盛景，也是花粉熱最嚴重的季節，騷動的百花春意也帶給人們最多春情的刺激。

春分時，人體的腺體活躍，血液循環也最旺盛，是一年中情緒最易高漲的季節，這時要小心如月經失調、高血壓、過敏性疾病的發生，有許多春分盛開的花卉，都可能造成呼吸器官與皮膚的過敏，如鬱金香、含羞草、夜來香、虞美人、杜鵑花等等。

春分養生，要多注意疏肝解鬱，解熱制癢，消腫止痛之食療，綠豆、豌豆、百合、豆芽、莞荽、薺菜都是很好的調理食物。

春分節氣民俗——春分復活節

西洋人的春天要等到春分才來臨，這是西洋人眼見爲憑的務實思想，不像東方人懂得虛實之分，虛即似有非有，似無非無，中國人在春分前的春天是虛春，有春之氣但春之形弱。

中國人在春分會在社之所在地舉行春分祭典，受唐人影響至深的日本奈良，至今仍在春分時於吉野山舉辦春社花會。在日本江戶時代開始流行的二十四節氣曆中，春分的三候現象有「櫻始開」，在奈良開的就是吉野染井山櫻，至於主要長在平地的八重櫻、垂枝櫻要到近清明時才會盛開。

西方人春天最重要的節慶即春分時期的復活節，復活節是東正教和天主教的大節日，與基督新教較崇尚冬至期間的耶誕節不同，三月下旬春分期間南歐大地（希臘、義大利、西班牙，法國南部）已是綠意盎然、百花盛開，有強烈的大地回春的現象，但中歐、北歐仍然寒意刺骨，要等到四月下旬才會覺得大地復活了。

復活節也剛好在太陽運行到黃道第一個星宮牡羊星座之際，也因此南歐如希臘、義大利人常在復活節時烤羔羊獻祭（羔羊即代表牡羊星座，同時象徵爲人類替罪的羔羊），但這恐怕不是基督教的原始祭典，而是古希臘的萬神教義中留下的天文靈思。

春分節氣餐桌——春分滋味

春分時節沒事閒逛菜市場，偶有新發現。那一天在熟悉的蔬菜攤上，看到了一叢叢的新鮮茴香草，當天本來想買的是春天新鮮的蠶豆來炒老鹹菜的，臨時就改買了如今正鮮嫩得很的茴香。

記起上一回吃到茴香和蠶豆，是在義大利的托斯卡尼鄉間，當地人的做法是先把蠶豆熬煮成泥，再燜煮茴香草，之後把熟爛的茴香葉絲混合著蠶豆泥，再拌上去年冬天剛榨好的精純橄欖油，再加一點鹽即成。這種吃法，是托斯卡尼農民傳承了好幾百年的食譜，據說可以清潔血液。

我自創的做法是把茴香切成細碎，在橄欖油中和蠶豆清炒，起鍋前再撒點鹽，就成了一盤野香撲鼻、色澤翠綠、口感爽脆的春膳了。

吃春，吃的是甦醒的味覺，經過一季寒冬，荒枯大地上剛探出尖的野菜，最能挑動在冬日潛伏深藏的味蕾，冬季最宜醃味、臘味、漬味，到了大地回春就要換上鮮味、清味、原味才成。

有一年春天到京都，在古老的料亭吃了一味香椿芽拌新筍，在座的日本朋友很得意地說我們吃的新筍還是朝掘筍，是當天清晨才從洛西嵯峨野挖得的筍。聽來好像頗為難得的筍，在超級市場的確不易遇見，但在我住家附近的傳統市場旁固定聚集的早市小攤，也有一老婦人挑擔賣著春天一大早才從陽明山挖來還沾著土泥的新筍。

新筍有了，但新鮮的香椿難遇，從前家家戶戶平房，不少人家後院就種了香椿樹，童年的我最愛爬樹摘鄰家剛發的木芽，拿回家拌豆腐吃，吃得一嘴香氣。如今我認識的朋友中只剩一人家中後院還有寶貝得很的香椿樹，每年春天我都得央求他施捨一些。

早年春天到杭州，最能體會出《詩經》中「野有蔓草，零露漙兮」的情境，當地菜市場上堆放著各種野地上摘來的草蔬，都是嫩嫩小小的，蕨菜有春風和溪水的味道，不像暖房中有機栽培的小麥草，雖然清嫩，卻少了土壤回春的力量。

杭州有種毛毛菜，像特小號的青江菜，是家家戶戶春天非吃個夠的春蔬，當地人也說吃了可以調理過了一冬的身子，這種食蔬有益身體的話，是古老的民間智慧，不必等到都市人推廣生機料理時才覺悟。

杭州人喜歡在春天時炒毛毛菜腐衣，吃的都是嫩意，講究的腐衣要用頂好的山泉點出的黃豆汁，燒滾了掠一層又一層腐衣，色澤米白、形狀柔美、口感滑嫩，配上翠綠清爽幼嫩的毛毛菜，充滿了季節的新意。

春天喝新茶，亦是杭州人迎春之道，街上茶坊前都擺著大大的風爐，製茶人赤手在細竹編的茶盤上炒青，空氣中飄盪著生茶醒青的味道，等過了火，才能焙澱出明前龍井既清又靜的韻味。

上海的春日滋味有三好，草頭、馬蘭頭和薺菜，草頭配紅燒圈子，可以一洗油膩；馬蘭頭切碎末，拌豆乾末再混合了新鮮的麻油及微鹽，在春天的清晨配白粥或拌光麵，吃來神清氣爽；薺菜最宜攙了碎肉包大餛飩，入口清香、滋味鮮美。如今台北街頭一過三月，也有一些店家在門口貼了個薺菜上市的紅紙墨筆，路過看到，就彷彿聽到了春天在召喚的聲音。

春分節氣旅行——不敢不樂

二〇一一春天，日本發生三一一海嘯核災事件，使得當季的櫻花時節蒙上了悲哀的陰影，我身邊有些友人原本討論好的花見行程也因之取消，但我和夫婿全斌還是按照了預定計劃前往京都。

春分時節的京都，櫻花依如往年盛開，只是遊人比起昔日較為清落，反而增添了賞花的情緻，尤其這年看到櫻花燦爛，感觸特別多，櫻花本是無常之花，開得如花似夢時，只要天氣一變，來個稍大的雨，馬上花吹雪落英滿地、櫻花美景稍縱即逝，在日本遇上天地大災變之後觀之，更覺人生無常。

從前讀過李漁在《閒情偶寄》中談行樂，這回因京都觀櫻而浮上心頭，李漁說：「造物生人一場，爲時不滿百歲。……即使三萬六千日，盡是追歡取樂時，亦非無限光陰……又況此百年以內，日日死亡相告，謂先我而生者死矣，後我而生者亦矣已……死是何物……知我不能無死，而日以死亡相告，是恐我也。恐我者，欲使及時爲樂……康對山構一園亭，其地在北邙山麓，所見無非丘隴。客訊之曰：『日對此景，令人何以爲樂？』對山曰：『日對此景，乃令人不敢不樂。』」

這一回在京都，真是懂得了不敢不樂的意思，往昔到祇園的円山公園賞櫻，看年輕的男女，尤其那些看來像初入社會，身上穿著廉價的上班族西裝與套裝的公司社員，坐在鋪著藍膠布的草地上，吃著附近便利商店買來的壽司、沙拉、泡麵等等，喝著易開罐的清酒，一群人喧鬧著青春的活力，在落櫻紛飛的樹下度過他們稍縱即逝的花樣年華。

從前我看到這些賞櫻時吵吵鬧鬧不能不醉花見的青年人時，內心並不歡喜，中年的我喜愛的不免是清幽的賞櫻意境，在人潮尚未湧現前獨自在白川通或哲學之道踩著一夜落櫻的足跡漫步，但這一回看著青春在櫻花樹下喧囂，想到那些隨著海浪而逝的人們，其中也有一樣年輕或更稚嫩的生命，也許有的還不曾在櫻花樹下醉過酒呢？眼前的花見情景，突然讓我濕了眼，人生真是不敢不樂啊！當有的生命發生了極痛苦的悲劇，我們或許也曾跟著哭泣，但面對悲劇，並不代表我們就要對生命放棄歡樂，誰知道能在今年櫻花樹下花見酒的人們，明年在何方呢？今年不一起同樂，也許明年就各分東西、天人永隔了。

櫻花本來就特別華美，也因此特別脆弱，櫻花似人生，如露亦如電，雖然年年有美景，景在人卻未必在。

櫻花最像青春，美得如此放肆譁然，卻又如此匆促。有一天在花見小路上分別看到祇園的舞妓和藝妓走過夾道盛開的櫻花樹，突然發現年輕的舞妓和怒放的櫻花如此相配，那種不可遏止地跟天地爭輝的青春能量，當下覺得舞妓是櫻花，但熟年的藝妓，雖然如此優雅，卻不那麼適合櫻花，有著歲月容顏的她們適合秋楓的幽美。

春櫻、夏綠、秋楓、冬雪，都是生命之美，面對此情此景，只要活著，真是令人不敢不樂。

春分節氣詩詞

〈賦得巢燕送客〉唐・錢起

能棲杏梁際，不與黃雀群。
夜影寄紅燭，朝飛高碧雲。
含情別故侶，花月惜春分。

〈二月二十七日社兼春分端居有懷簡所思者〉唐・權德輿

清晝開簾坐，風光處處生。
看花詩思發，對酒客愁輕。
社日雙飛燕，春分百囀鶯。
所思終不見，還是一含情。

〈春分日〉南唐・徐鉉

仲春初四日，春色正中分。
綠野徘徊月，晴天斷續雲。
燕飛猶箇箇，花落已紛紛。
思婦高樓晚，歌聲不可聞。

〈望家信未至〉宋·葛紹體

一封寄去當人日，只是元宵近到家。
何事春分猶未報，夜窗幾度卜燈花。

——出自《樂活在天地節奏中：過好日的二十四節氣生活美學》一書

你全身都貼滿了「應該」的標籤嗎？

蔡康永

辨識情緒都是哪裡來的？它們來做什麼？

它們來了以後，我該怎麼辦？要把它們各自安放回去時，該放回哪裡？

這就是我們要的情商。

想像你現在穿得好看，風和日麗，你走在乾淨開闊的路上，感覺著和煦的天光與微風，你喜歡這個天氣、這條道路，你喜歡此時的自己。

路邊有本來表情呆滯的人，看了你自在的樣子，他們也稍微有了一絲微笑。

沒有人會否認，這是幸福，是眾多幸福之中，很棒也很容易得到的一種。

這種幸福裡面，有別人，也有自己。

看到你走過的人，如果再看仔細一點，會看到你渾身上下，有不少小標籤、小貼紙，隨著微風擺動著。

有的小標籤，是用很隨便的字跡寫的，也很隨便的用根絲線拴在你的衣襬上，一扯就會掉落；也有的小標籤很隆重，是黃金打造的小牌子，上面的字是用刻的，這樣的小金牌用金鍊子掛在你的手腕或頸子上；其他各式各樣的小布條小紙條，上面也都有各種字樣，有的用粗繩綁在你的腳踝，有的只靠紙頭本身的黏膠，勉強貼在你背上，隨時會被風吹跑。

這些小標籤小牌子上面，寫的是什麼？

字跡潦草的紙條上面，寫的大概是你隨便應付著做過的某個臨時工作；至於小金牌上刻的，可能是你非常珍視的某個身份：「某某名校的榜首」或是「某某旺族的後裔」。另外那些小布條小卡片上，則各自寫著你的各種信仰、各種價值觀，有些可能是隨便聽來的，比如「永遠不再跟雙魚座交往」；有些是認真想要相信的，比如「錢就是一切」或「要就瘦，要就死」。還有些內容極瑣碎，就算被風吹掉，你也不會在乎的，像是「鹹粽子才是粽子，甜粽子算什麼粽子」或「修照片要把臉修小沒關係，但好歹別把背後的柱子都修歪了」之類你勉強算是有點意見但並不真在意的小原則。

這些小標籤小紙條在微風中微微飄動著，有些令你身姿更優雅、有些顯得你華麗或霸氣，有些搞得你凌亂，有些很累贅、有些跟你整個人一點都不搭，有些在你身後留下一地紙屑垃圾。

但不管怎麼樣，這些小標籤小紙條，沒有妨礙你的行動，沒有遮擋你的五官，也沒有阻止你感受風景與天氣。

也就是說，你還算是自由的。

什麼時候，我們會變得不再自由呢？

當這些小標籤小紙條，變得跟雜誌一樣大，跟盾牌一樣大，甚至跟商店招牌一樣大，那我們就不自由了。

我們會行動受限、視野受限、感受不到風景與天氣，整個人被這些標籤與紙條給困住。

你一定覺得我太誇張了。誰身上沒有那麼幾十個或幾百個標籤紙條跟著呢？哪會嚴重到令我們不自由？

嗯，即使是最瑣碎的紙條，只要黏在你身上，不必變太大，只要變成撲克牌那麼大，就會妨礙你了。紙條卡片上那些大大小小我們覺得「理當如此」的事：「粽子理當是鹹的。」「修照片理當知所節制，別把背後柱子也修歪了。」「我家孩子既然是我生的，考試起碼必須前十名。」「要娶我家女兒，聘金起碼超過一百萬。」「我這篇文字起碼該得到兩百個讚。」「今天我趕時間，交通應該要順暢，如果塞車，就是有人跟我作對。」「我既然買了這三支股票，這三支股票就該連漲一週。」

如果照我這樣列下去，我們每個人身上絕對不只幾百個小標籤，這些「理當如此」，每秒都會生出新的小紙片小標籤、附著上我們的身子。這秒有幾張脫落了，下一秒又會有更多補上。

它們會像鱗片，覆蓋我們全身乃至眼耳。我們可以仗著這一身鱗甲，到處去指手劃腳，「這個不對」「那個太差」，做出各種評價、各種判斷，但沒有察覺我們已經漸漸把世界、風景、天氣、別人，都隔絕在外。

而別人也看不到我們的面貌，別人看到的是密密麻麻的標籤紙條，所形成的一付密不透風的鱗甲。

我們的生活，需要互相依靠：衛生、交通、娛樂、商業，都需要互相依靠，彼此交換情感、能力與資源。但在依靠與交換的時候，我們並不需要用我們的各種原則去掐住彼此的脖子。我們可以不用控制人、或被別人控制。我們不用拿自己身上這些紙條，去黏在別人的臉上。

當我們覺得每件事都有個「應該」的樣子，而這些事卻都不對，都不合我們期望的時候，我們就喚來了許多「應戰」的情緒：嫉妒、憤怒、自卑、猜忌……都來了。

我們調出了各種對付敵人的情緒，但其實並沒有敵人出現，可是因爲我們身上黏貼的那些原則，帶領著我們到處樹敵、到處去評斷與我們無關的事、到處去宣示那些「理當如此」，於是，只要對方不聽話，只要生活不聽話，只要世界不聽話，我們就覺得「有人跟我們作對」。

然而，因爲這些我們以爲的敵人，根本不是敵人，當然也就無敵可退。我們莫名其妙喚出場的這些應戰的情緒，卡在台上，怎麼退場？

我們趕時間，遇上塞車，於是感覺交通跟我們作對，「交通」就是此刻的敵人，我們喚出了焦慮、喚出了生氣、喚出了怨氣，然後呢？「交通」這個敵人要怎麼打退？要怎樣才能跟「交通」討回一個公道？

我們宣布：我家的孩子，考試要前十名，聘金要一百萬……憑什麼？我們任性喚出來的自尊、期待，魯莽上場，呆立原地。

我們宣布：粽子必須是鹹的，那麼天下這許多賣甜粽子的店、吃甜粽子的人，我們是要關了他們的店呢？還是縫了他們的嘴？這些隨便出場，無從收拾的情緒，除了堵在我們自己的胸口，還能去哪裡？

不知從哪來的情緒，就一定不知往哪去；不知爲什麼而來的情緒，就一定不知要拿什麼去消化。

這些沒完沒了的「應該」，都是哪裡來的？

如果這些「理所當然」大多未經檢驗，來路不明，爲什麼還把它們理直氣壯的貼滿了全身上下，當成我們的標籤、甚至我們的鱗甲？

你是你父母的孩子，這個標籤對很多人來說，一定很珍貴，值得以黃金打造、鄭重銘刻，掛在頸上。可是如果這個標籤被你父母或是你自己看得太重，導致這枚金牌大如門板，掛在頸上，你就是死命的拖，也拖不動一厘米。它成了枷鎖，而不是標籤。

你要做自己，就要讓你自己比這些標籤紙條都重要，讓它們只是點綴在你身上，而不是拖垮你遮蔽你，你珍視的少數幾個標籤，值得好好打造，隨身珍藏，偶爾展示。剩下那麼多別人隨手塞給你的、無助於你做自己的標籤紙條，那就放鬆的看待，恰當的對待，黏上就黏上，掉了就掉了，別用它們來評斷別人，評斷自己，乃至困住自己。

如果真心相信「錢是一切」，那就認真研究它有沒有道理，研究之後覺得有道理，那就認真研究金錢跟自己要建立什麼樣的關係，是要靠它創業？還是要靠它求偶或繁殖？然後把這想法設爲目標，一步一步去靠近。

這是你專注研究之後，想要做的「自己」，你經得起內心的自問自答，內心因而強大，你想要的生活，就會在眼前浮現。

如果只是人云亦云的相信「錢是一切」，然後還要分散心思去管盡天下的其他瑣事，罵交通、罵天氣、罵明星、罵別人修圖修太多、罵別人不懂粽子的好壞，那怎麼可能還有餘力弄清楚我們要做的「自己」，到底是什麼樣的自己？

我的工作，使我常常接觸演藝界的明星。明星當然是依據大眾的評斷而存在的一種身份。但在這麼多的明星裡，有些人能夠「明白」自己想要的生活，以「恰當」的程度，去接收大眾的評價，然後「一步一步」的靠近自己的目標。這些明星未必是最紅、最受歡迎的，但比較可能是明星之中，內心比較寧靜平衡的。

做情緒和感覺的主人，而不要被情緒和感覺牽著鼻子走，這不是空話，這可以一步一步做到。

辨識情緒都從哪裡來？它們來做什麼？它們來了以後，我該怎麼辦？要把它們各自安放回去時，該放回哪裡？這就是我建議的情商。

培養情商不是爲了做生意，也不是爲了受歡迎，那些都只是順便跟著來的東西。

情商的唯一價值，也是它比智商重要的唯一原因，是探尋情商的過程，就是探尋自己的過程。所謂的「心」，雖然抽象，但真的存在，而且就是我們賴以度過一生的依據。

智商不是智慧，智商有可能使擁有者更焦慮、更辛苦，而不一定能得到自由與幸福。智商沒辦法處理「心」的事情，智慧才可以。而智慧的基礎，是「明白」。

世界充滿了與我們無關的事，但「心」的每件事，都與我們有關。

世界永遠不會屬於我們，但「心」永遠屬於我們。

世界的強大，可能更令我們感受不到自己，但「心」的強大，就是我們的強大。

我們有「心」，這是很大的禮物。越大的禮物，越要好好享用啊。

情商就是幫助我們認識這份禮物、打開這份禮物、享用這份禮物的鑰匙。

生命沒辦法給我們更大的禮物了。

先弄清自己是怎麼回事，才可能開始做自己啊。

——出自《蔡康永的情商課：為你自己活一次》一書

氣味的辭典

許悔之

那個氣味時而合，忽而散，像苔蘚一樣，附生在他的鼻腔中，迅速地扎了根，不停地滋長蔓生。

那一天深夜，他開車經北宜公路，去到了礁溪的一家老旅店；洗完溫泉，躺在老舊的彈簧床上，閉目欲睡，空中卻飄浮充盈了某種氣味，嘔吐物、硫磺、精液和廉價香水的味道，混而為一，卻又可以清晰地辨識出各種單一的組成。

整個房間的味道，海一般鼓盪，呼喚起他生命的眾多場景，場景中因氣味所烙下的斑斑證據。

那個氣味，像是老舊的爛木頭的朽毀——是念國中時，在小鎮的電影院和同學一起看外國的黃色電影。

整座戲院裡，並沒有太多人，除了他們那一群初入青春期的小孩之外，大略是狀甚窮極無聊的中老年人，和附近營區的阿兵哥。他還記得電影裡的女主角叫Joy，不斷地因性愛而歡喜，當所有的男人都因筋疲力盡而逃之夭夭，她打開窗戶，瘋狂地對著整座城市狂叫：「I want it!」

電影中段的時候，他卻無法不被打斷。一個阿兵哥因按捺不住電影畫面所點燃的慾火，在左後方的座位上，和他同行的女人做了起來。他並不敢看得清楚，再者，那種危險而躁動的氣味也讓他窘迫不安，他只看見那個阿兵哥趴伏著抽動，怎麼樣也看不到那個女人的臉……

那個氣味，像是老舊的泡在水中的爛木頭因夏日曝晒而散發朽毀。一種木質的敗壞的氣味。

在那之後，十幾年來，他曾經在夢裡遇那個從未見面的女人，好幾次，彷彿自己是當年唯一的見證與偷窺；他並不曉得，在多年之後的一間小旅店，電影院裡的氣味居然可以那麼準確地被記憶，被模擬。

那個氣味是一種初印的油墨的喜悅清新。

念小學時，他最喜歡每學期的開學，老師會發許多的新課本讓他們帶回家。在教室裡，樹與田地的氣味中，他慎重的在每一本書上，寫下年級、班別和姓名。他一貫小心翼翼，在那些新書被大量翻閱之前，捨不得弄髒。他總捧著課本，捧著知識最初開啓的奇魅味道，因爲他知道，再過幾天，那種奇魅便會消失，換而代之的，是書包裡那種便當的油膩沉重的鹹腥味。

在劃線與註記之後，課本將不再嶄新煥發，清新的味道褪散後的世故與平庸。每學期開學後的一段時日，他總要不免怔忡地接近悲傷。

那時，他非常的幼小，甜嫩，還沒開始思索過朽毀的問題，那時他也不會幻想：人就跟新書一樣，翻閱之後，就變了氣味……

他嗅著氣味，嗅著屬於童年專有的記憶。

屬於蛇，和田野的。

那時，他是班長，在雨後和村子裡的同學一道走路回家，新鋪的柏油路的凹處積了水，他們踩踏過去，一路狂叫歡呼，在同學之中，他是屬於那種會讀書，但才能偏差的個體，比方說削竹蜻蜓、做風箏，或者抓蛇。

他的同學們總是那麼敏捷，看見蛇滑行而過，一個箭步，便能抓住尾巴，在空中猛力轉圈之後，將蛇擲擊在柏油路上，那條蛇便宣告癱軟而瀕於死亡。

同學說：「來！來！不要怕！」並且善意地拿著那條已經破裂的蛇軀送往他的面前，「來，你拿拿看，又不會咬人……」在驚慌中，他目瞪口呆，同學失去了重心往前倒，那個蛇頭，整個塞進了他的嘴巴……

之後好些天，他彷若失了心神，那種溼腥的味道，遂符咒般被他記憶了，他無以或忘，或者說，他努力想要把它忘記卻絲毫沒有辦法……

一窩壞臭了的鴨蛋，破了殼，裡頭長滿了鑽動的蛆蟲，好像要爬出來，卻蠢蠢欲動，依戀不捨。那就是蛇的味道。他養的鴿子也一再地被蛇吃去了蛋，夜半時分，鴿子如果撲撲作響，他便知道，那條蛇又出來了。

多年以來，他和蛇之間的爭鬥仍舊持續著，面對蛇，他依然害怕，怯懦，但唯一的勝利是，他從未在夢裡夢過蛇，也就是說，從來沒有一條蛇能爬進他的夢裡……

那種冷血的動物，屢次在他的童年出沒，然而童年是一切知覺、感應發軔的時期——那麼，他的一生都將被蛇詛咒嗎？寒夜中的晒穀場，虎姑婆彷彿在竹林外招手，家，是唯一的寄託，然而，那片童年的屋舍廢置已久……

他躺在床上，繼續想蛇，和童年。

蛇爬在草裡，吊於樹上，游在水中，滑進屋內。無所不在的蛇，乾燥的鱗甲，溫潤的蛇信。走往花生田的路上，他穿著雨鞋，拿著竹杖，一路打草，果也真的驚了蛇。他坐在花生田旁，拿著西遊記，似懂非懂的讀。那時，他的世界非常的小，妖魔鬼怪卻非常的多。乾旱的花生田裡，有斑鳩的糞便和腐葉的味道混合著；土氣浮動，數種氣味交相激盪，直衝入鼻。他可以一直讀到天光變暗再回家吃飯，那是他小小的世界裡被莫名吸引的逃亡……

他想起他所養的那些鴿子。鴿子的糞便，像是發臭的海帶的味道，加上了一點點石灰。

他養了許多隻鴿子，在清晨和傍晚時分，他會撒出玉米和穀粒在屋瓦上，成群的鴿子低頭啄食，輕盈地踱步，然後結隊飛入空中，成爲一朵灰雲。

有時，發情的雄鴿吹鼓了氣囊，向雌鴿示愛，雄鴿會低頭、抬頭、不停地繞著雌鴿轉圈走，似乎氣急敗壞而又揚揚自信。然後，雄鴿咕咕地發聲，雌鴿偶爾挪挪頭部，炯炯地注視雄鴿的求愛之舞。然後，雄鴿跨上雌鴿，將尾翼傾歪，雌鴿也應和著動作，在瞬間中，牠們完成了交尾，然後比翼，狂飛至無垠的空中……

那時他並不識交合之喜與悲。但是，空間中充滿了鴿子的咕咕叫聲和氣味。一窩蛇卵正在竹林中孵化。他心愛的老鴿溺死在池塘中。雪白的羽翼變得如此髒汙，他將牠埋在竹叢中。

竹叢中有腥腐的味道，腥腐地襯映著死亡，爲死亡哀悼。

他又聞到房間裡廉價香水的氣味，想起自己在城市溷跡多年，也學會了分辨幾種女人常用品牌的香水。

有一些香水，揮發的速度很慢，味道也有著不同的層次和強度。有一種牌子單純、穩定，如曠野的清香。若干種香水極爲濃豔，大略是年齡的另一種暗示。身體是無法掩蓋朽敗的。不管是女人或者男人。身體或早或晚終會散發出明顯的氣味來標識時間的刻度。在那些香水分子的空隙中，身體正殘忍地告訴我們青春的終將敗亡。就像成熟的女體所散發出的蘋果般的芳香，在最美麗的時刻，是多麼的殘忍；在臨界點上昂揚的甜與香，轉眼就要沒有了。

他回憶起初生兒的乳香、強烈得彷彿有芥末的強勁力道。初生兒並不吃五穀雜糧，那麼直接可喜的味道，源自於他尚未被汙染，然而，老病的身軀呢？

他想起父親胃出血住院的那一年。他陪父親在醫院過夜，由於父親手臂上都是點滴管，於是他幫父親洗澡。

他陪父親進入浴室，解衣，把點滴瓶掛在牆上的壁鉤，衰弱的父親雙手趴在牆上，他用水、用毛巾，幫父親慢慢地洗澡。

肥皂沫中，他聞到人體的味道，有一點點嘔吐物的氣味，又像滯流的排水溝，他看著那副肌肉攤出開始鬆馳的身體，突然感到恐怖和悲傷。

童年時，他常趴在父親背後，摟著父親的腰，坐他的摩托車。父親的衣服上，有著勞動的汗味，混合著菸、酒的奇特組合，彷佛那是成年男人勇毅的擔當與氣魄。

然而這個曾經年輕的、豪健的男人，終致不免於衰老。

後來，待在癌症病房陪他父親的十幾天裡，他目睹父親因鈷六十照射後而引發的體力衰竭。他的父親食道受傷，無法進食，他和母親幫忙注射灌食。

他的父親斷斷續續地發燒，劇烈地咳痰，並且不斷地需要含水潤喉，他在半夜聞到父親口腔中所散發的濃重的氣味，好像是身體腐敗的徵象，整個病房中充滿了藥水和電線走火後的味道，凝，重，厚，苦，辣，酸，臭。他幫父親擦臉，父親流出了淚。

後來父親出了院，有一段時間，當他面對美食，總是無法安心地咀嚼與吞嚥，父親的苦痛毋寧是屬於氣味的，無以救贖的蔓延。憑著氣味的地圖，他再次找到與父親交集的種種……

他又想起母親，傍晚時分從皮革廠下班，工廠的交通車在五點廿分左右送母親到村子口，母親的身上總是有著皮革和硫化物的味道，母親教他背九九乘法，教他寫字，和畫畫。他畫過一隻有四隻翅膀的鴿子，母親並沒有怪他畫錯了，她並未扼殺他偶爾脫軌的想像。

在床上，他繼續追索各種氣味：公車內，市場中，花坊裡。一座山寺門前的桂花香，像海潮一樣幾乎將他滅頂，那些桂花宣告著美好的激動如沸滾的湯，教人暈眩地灼燙。他雙腿發軟，快站不住腳地扶著樹幹，眞想死在那裡就好。

朋友新贈的春茶，要用好杯好碗才益顯清芳，有一些氣味必須經過視覺的加強與想像。池塘邊的苦楝樹，有毒的夾竹桃，小學校長家門口的十里香。無可數計的蜻蜓在被日頭蒸熟的水田氣味中狂舞……十幾歲的時候，偷偷地靠近歷史老師，聞她身上的氣味，她從不擦香水，也彷彿從未流過汗。他隱約覺得這樣的偷嗅會有良心和道德的譴責，但是卻一點也沒有辦法將自己阻擋。

他的腦海裡，浮現了各式的圖像，伴隨著種種的氣味。他知道，只有氣味，才能保證記憶永不被遺忘……

聽巴哈的時候，彷彿看見一個人喃喃而虔誠地向上帝禮讚，教堂的氣味是天堂的氣味嗎？他不免胡思亂想。記得有一次，他聽舒伯特，腦海中浮現著田野和溪流的清香，如幻覺痴夢。

他當然知道，各種氣味並不單獨存在，他需要各種經驗來當座標，氣味的印記才會清晰，可靠。

在部隊裡，有許許多多的夜晚，尤其是夏日，他都無法入睡，各種人味在寢室內悶燒，有焦了的味道。他早已忘記了那個參謀的臉，卻永遠無法忘記他口中所散發的大蒜味……

他想起愛人的氣味，在千千萬萬人中也能清晰地分辨。當他們同床並躺，他總是閉上眼睛，貪婪地嗅著，聞著，頭髮的，身體的，和衣物的味道。他甚至能從她的汗味中判斷她近日的身體狀況，還有情緒的低或漲。她讓他接近，開放一切的感官特質供他記憶。有時她是青澀的葡萄味，而夜晚之後，她則往往像剝開的冬日柑橘，無比恣意地發散幽微的甜香。甚至她的呼吸。

愛是一種氣味的索求嗎？他不免如此妄想。氣味甚至能夠比愛活得更久更長。如果不是愛上她的氣味，那麼因何會戀戀不忘？他開始想像，那些不再能夠相愛的男男女女們，一定是彼此吸引的氣味開始覆亡罷。

氣味若已覆亡，如何執子之手，與子偕老？

時間或停滯或穿越，在礁溪的小旅店中。時而激動，時而感傷。

憑藉著各種氣味的回憶，被投擲在當時的情境與場景，在氣味裡，他的身體自由穿梭，飛越，像長了翅膀。

那些氣味又不僅是回憶而已，他清晰地感覺到氣味的重量，沉甸，厚實，彷若不可輕忽的預言和啓示。

擁抱她之前，他就曾嗅聞到許可的指示，無關眼神，也非身體的姿勢，而是一種氣味。他嗅聞到她身體的熱氣，像海風吹過他的臉，那時，其他的氣味隱退，他憑藉這樣的指示而擁抱了她。這個世界，如果連氣味都不可靠，那麼要憑藉些什麼呢？話語早已衰老，諾言發臭腐敗，只有氣味，只有氣味能夠引領他做出判斷，判斷那個在他面前的人是愛他，還是恨他。

氣味也讓他能夠回憶，他在記憶中不斷地看見自己，或者說，他藉著氣味而拼湊出自己。氣味像針，縫補了他的每一片支離破碎。氣味像辭典，給了他生命的解說和想像。氣味也將帶領他走進未來，給他感應與生存的能力。

臭鴨蛋般氣味的蛇，始終沒有爬進他的夢裡，天就快要亮了，他連忙打開緊閉的門窗。

難過

李崇建

敏感的長耳兔：

你問我，難過時該怎麼辦？

難過的時候，你會想哭嗎？你會想要停下來，暫時安靜一下嗎？你會想要找人談談你的難過嗎？

我上面所提的事情，是你想要的嗎？如果是你想要的，那就這樣去做吧！還是，你不確定、不確定自己是否要這樣做呢？

親愛的長耳兔，我在前幾封信提過，人類的情緒其來有自，因此無須抗拒這些情緒。我們擁有生氣的權利、害怕的權利、焦慮的權利，我們爲自己的情緒負責，健康地表達這些情緒，積極一點兒運用情緒，不讓情緒干擾我們。當然，人類也擁有難過的權利。

爲何人們常排斥難過？看見有人難過了，人們便轉移話題了；看見有人悲傷了，便要他不要難過；看見有人哭了，就要他不要再哭。人們最常說的是：難過能解決問題嗎？

還有難過帶來的氣氛，讓環境凝結尷尬，人們不知道該如何面對。

只有難過的確無法解決問題。長期陷入憂傷的人，身體的能量被凍結，又怎麼能面對外在的世界呢？常陷入難過的人，人生觀往往比較消極，屬於悲觀的一類人。

樂觀與悲觀

在生物的發展史上，積極而樂觀比較能生存，人類的情況也是這樣。

講一個小故事給你聽。

有位國王要遴選王位繼承人，他的兩個兒子誰比較適合呢？國王打算給他們考驗，考驗他們遇到困難時，面對的態度是什麼？是積極還是消極呢？依此，就可看出適不適合繼任國王。

國王給兩個兒子一個任務，要他們騎馬到遠處的小鎮，購買一樣東西回來。

國王各給他們一枚金幣，卻偷偷將他們衣服口袋剪破洞。

傍晚時分大兒子回來了，悶悶不樂地說：「今天真的很倒楣，金幣丟掉了！」

到了晚間，小兒子回來了，買了城堡的組合模型回來，很開心地展示自己的構想，自己未來的城堡要如何蓋？

發生了什麼事呢？

小兒子到了小鎮，發現口袋破了一個洞，金幣不見了。小兒子感到很失落，蹲在路邊哭了十分鐘，哭完之後去找遺失的金幣，但是小兒子並沒有找到。國王好奇地問他，那你怎麼買了組合城堡呢？小兒子開心地說：「我既然好不容易來這裡，就還是想要買到東西回去。我看到路邊的工人進行一個很困難的工程，因為鷹架不好搭，兩個工人摔了下來。因此我和工頭商量，我有好法子搭好鷹架，這個法子需要兩枚金幣，工頭答應我的要求，所以我花了一金幣買模型，又賺了一枚金幣。但是我沒忘記怎麼丟掉金幣的，所以我檢查了口袋的破洞……」

小兒子手裡拿著一枚金幣，高興地說著自己的遭遇。

國王會選誰當國王呢？答案應該很明顯。

樂觀有助於生存，帶著積極向上的動力；而容易陷入難過的人，比較容易悲觀。

但是人們忽略了一件事：重點不是人們會不會難過，而是，如何面對難過？

國王的大兒子陷入了難過之中，因而悶悶不樂，他被難過困住了，頭腦也停止思考了。國王的小兒子因爲失落而難過，但在哭了十分鐘之後，就重新擁有力量，以智慧與行動，爲自己贏得人生。大兒子被難過取得主導權，小兒子的主導權則在自己。

心理學家發現：樂觀的人比較長壽，樂觀的人也比較好運。

面對難過的情緒

人們爲何會難過呢？

人因爲有感情，感官變得纖細，對世界的觀察也變得豐富。因此很多藝術家看來多半多愁善感，他們看世界的角度不同，開發了人生各種美感。

藝術家懂得運用難過，便能夠發展在藝術上，創造美麗的事物。但是當藝術家被難過的情緒掌控了，也可能陷溺於憂鬱，因此藝術家被難過控制，因而結束生命的消息常有所聞。

如何面對難過的情緒呢？

身爲一個人，首先得承認：人是會難過的。難過並不是懦弱，也不是無用的，而是擁有豐富的美在其中。人應該允許自己感到難過。

有些生物學家，曾經歸納生物難過的原因，可能因此能召喚同類，給予同情與幫忙，滋養生命中的能量。

但是人們很怕被難過掌控，一旦被掌控了，生命就充滿無力感。所以才會看見人們說：不要難過！不要流淚了！甚至為流淚貼上負面標籤。

親愛的長耳兔，流淚並非懦弱，流淚是情感的表達，也是力量的泉源。因為難過不抒發的話，會累積在心裡、身體裡，仍舊會變換著形式呼喚，人也會以不同的方式被難過掌控。

當一個嬰兒誕生了，經常是哭著來到世界。因為透過哭泣，能在害怕中取得力量，也對健康有幫助。

有位生化學者弗雷博士（William H. Frey II）指出：當人發生壓力的事件，體內會創造有害物質，而流淚時就能排出毒素，回復生物體內的平衡。

有人藉此說明了女人為何比男人長壽：因為女人勇敢流淚。

所以長耳兔，勇敢流淚吧！找個靜靜的地方，靜靜的一小段時間，讓自己盡情流淚。想要訴說的話，那就找個安全的方式，找個願意接納你難過的人，好好地訴說吧！

回到生命的力量

有人不禁想問：如果流淚有力量，為何很多悲傷的人，終日以淚洗面，卻並未擁有勇氣呀！？

長耳兔，因為悲傷的人，雖然流淚了，但是「心念」並未掙脫「受害」的情結，思緒不斷被帶回受害的畫面，也就學不會為自己負責任。

那怎麼辦呢？遇到這樣的狀況，先對自己許下承諾，這是對自己的信仰：我不會被難過控制，我要脫離這樣的處境。

接下來深深地呼吸幾次，試著做下列我稱之為「5A」的對話。

因為很多人難過時，並不是專心於「難過」，而是專心於頭腦裡的「事件」，不斷在懊惱、悔恨、憤怒與自責。

要如何專注於難過，而不是被事件帶著走呢？

這個步驟就是5A的自我對話程式。當我們意識到難過，頭腦的畫面又來騷擾了，先透過深呼吸讓腦袋停頓，給自己兩分鐘的時間，找一個小小的空間，和自己進行對話，這個對話的脈絡是：

・覺知（aware）難過。
・承認（acknowledge）難過。
・允許（allow）、接受（accept）難過。
・轉化（action）難過。
・欣賞（appreciate）自己，這個步驟是回到生命力。

具體的作法，就是專注地感覺難過，並且對自己說話，更重要的是「專注地聆聽」對自己所說的話，讓頭腦不至於陷溺在事件裡。

我舉例寫在下方：

1. 我感覺自己有一點兒難過。（停頓十秒鐘。）
2. 我承認自己是難過的。（停頓十秒鐘。）
3. 我允許、並且接納自己感到難過。（停頓十秒鐘，甚至更長一點兒時間。）
4. 做五次深呼吸，感覺呼吸從鼻腔進，從鼻腔出去。

★5. 告訴自己，即使我感到難過，我也欣賞自己，仍然這麼努力。

我在第五項，打了一個星號，因為這個步驟特別重要。

一般人在難過中，看不見自己的生命力，所謂的生命力就是價值、愛，比如事情沒做好，但是也還在努力；比如搞砸了某些事，但是自己是想要做好的；比如這樣的自己，其實是值得被愛的，不管別人怎麼想，起碼我願意深深愛著自己。

懂得回到生命力量，而不是陷溺其中，就不會可憐自己，而是深深地愛自己，願意陪伴自己站起來。難過情緒的抒發，是一種良性的循環，而不是重複進入無力可憐的狀態。這樣的過程，也需要每天操作幾次，專注地感覺心靈的放鬆，感覺身體的細微反應，並且給予自己寬容，也願意再次努力。

難過的處境，有非常多狀況，親愛的長耳兔，我舉出一個普遍性的狀況，你不妨試試看，並且給予自己更多耐心，我也願意陪伴你……

不再視難過如洪水猛獸的

阿建

——出自《心念：25堂從情緒引導學習的內在課程》，寶瓶文化事業股份有限公司出版

「不會做」與「不想做」

蔡穎卿

「不會」是未受教導的結果，解決的方法很簡單，不管幾歲，所有「不會的事」立刻教，總有學會的一天。

我喜歡把「教育」這兩個字分開來想。育偏重於物質照養，「教」則分兩部分；一是引介一份新的知識或經驗給受教者；另一是糾正原本錯誤的觀念或行爲。「家庭教育」項目瑣碎，成功的要訣在於教導與練習都要「持之以恆」。父母如果只是興沖沖想起家教的重要，時做時停，通常很難有所收穫。

「捨近求遠」是現代生活教育的狀況之一。我們談得多、做得少；方法多、實踐少；美其名，捨其功；熱情盛、耐力短。事實上，生活教育最不需要化爲議題大肆討論，因爲它的內涵很清楚，就是成人帶著孩子好好生活、惜物愛人，盡每個人在家中的責任，外出時尊重環境一如尊重自己的家庭。家庭生活可以培養工作能力、責任感和愛，本是每個人都要修習的功課，我不懂爲什麼九年國教改爲十二國教之後，大家才開始覺得生活教育很重要。

生活教育一如學校其他的知識教育，可以經由作業來練習以鞏固觀念；這些練習的場地就在家庭、學校與周遭環境當中。如果親師價值一致，師生好好合作，成效便很可觀。

幾個月前，我去演講時看到學童在吃營養午餐。小朋友們吵雜慌亂地拿著一個大不鏽鋼碗或便當盒，飯菜不分地布滿一碗。氣氛慌亂急躁，讓人看了很難過。當時我心想：時代真的進步了嗎？四十幾年前，在我成長的故鄉成功鎮，爸爸擔任國中校長，能開辦營養午餐是很不容易的事，卻是學生的一大福利。尤其在資源頗爲不足的山鄉海鎮，學校等於是「日間父母」，所有的老師齊心協力想給學生更多的生活照顧，如果有營養午餐，關懷就更落實了，也能進一步改善孩子們的營養與健康。父親花了很多心思集合心意與物力的資源，期待「營養午餐」能名副其實。他知道透過「吃飯」這件每天必然發生的活動，孩子能得到身心的健康並養成良好的生活習慣。

我曾參觀過爸爸學校裡辦的營養午餐。學生一人一個鐵托盤裡，飯菜分開，乾乾淨淨。大家用餐時安詳愉快，很享受的感覺，不像現在的孩子，匆匆進食，有的要趕去安親班，有的是因爲老師許以先吃完飯的可以去玩，更囫圇吞棗。

吃飯本來就該是一種嚴謹的生活教導；可惜的是，這樣的教導卻在更進步、更有資源的社會中退化，我們的教養往偏路行，父母不重視平日家庭生活的餐桌教養，卻帶孩子去上高級餐館，開闊眼界。教育價值無法統一，孩子的舉止當然就不能自然合禮。因爲所謂的教養，並不是講究享受、了解國際禮儀或認識名牌器物；而是對生活有感知，是在自己的家庭生活中培養起來的規矩。

這幾年來，我看到很多孩子吃飯時弄髒嘴角或雙手，總是舉起袖口或拉起衣擺就直接擦拭。我在自己課堂餐桌上努力地教導孩子習慣使用餐巾，慢慢也成習慣。沒想到有一次，當我爲一位幼稚園的小朋友打開餐巾紙的時候，卻引來她的嚎啕大哭。經過一再詢問，才知道她因爲在家不曾這樣用過，所以不想用。我一方面對現在孩子還不解人事就習慣把自己的感覺擺在第一位而感到憂心；另一方面也更相信，家庭還是擁有最大的教育力量。對孩子來說，父母的教導最值得信賴；所以，成熟的父母是孩子的福氣。

我常常想，教育的目標就是要把眼前的孩子培養成將來可以獨當一面的成人；那麼，這其間的生活練習怎能荒廢。對於生活，我們不單要「了解」，更要「建立」；不單要建立，也要修正。有些父母從來都不給孩子做事的機會，等孩子長到成年，又反過來抱怨他們什麼都不會，這是自相矛盾的。「不會」是未受教導的結果，解決的方法很簡單，不管幾歲，所有「不會的事」立刻教，總有學會的一天。生活事並非愈大就愈不能教，單就技術面來說，年紀大學起來更容易，因爲理解力夠，教起來輕省。怕的是孩子「不願意」。

父母應該了解，「不願意」應該歸屬於「責任感」的問題，是縱容出來的結果，不可以跟「不會」混爲一談；更不能藉「不會」瞞混卸責。如果父母在兩者之間徘徊，不知道該不該勉強要求，請替孩子想一想。生而爲人就沒有資格當「生活的旁觀者」，所以，無論「不會」或「不想」，一個好父母看到問題時，一定知道自己應該立刻分頭、分項，不畏困難地動手解決！

——提供／親子天下股份有限公司　文／蔡穎卿

Note

Note

國家圖書館出版品預行編目資料

大學國文選：科技與人文／輔仁大學國文選編輯委員會；王欣慧召集；孫永忠主編；王秀珊、劉雅芬編撰. -- 二版. -- 臺北市：五南圖書出版股份有限公司, 2021.09
面； 公分
ISBN 978-986-522-978-8（平裝）

1.國文科 2.讀本

836 110011660

1XKB 國文系列

大學國文選：科技與人文（第二版）

輔仁大學國文選編輯委員會

召 集 人— 王欣慧

主　　編— 孫永忠

編　　撰— 王秀珊、劉雅芬

發 行 人— 楊榮川

總 經 理— 楊士清

總 編 輯— 楊秀麗

副總編輯— 黃惠娟

責任編輯— 陳巧慈

校　　對— 卓純如、江宛芸

封面設計— 陳亭瑋

出 版 者— 五南圖書出版股份有限公司

地　　址：106臺北市大安區和平東路二段339號4樓

電　　話：(02)2705-5066　　傳　　真：(02)2706-6100

網　　址：https://www.wunan.com.tw

電子郵件：wunan@wunan.com.tw

劃撥帳號：01068953

戶　　名：五南圖書出版股份有限公司

法律顧問　林勝安律師

出版日期　2020年9月初版一刷

2021年9月二版一刷

2023年9月二版三刷

定　　價　新臺幣200元